Sammlung Luchterhand 1009

Über dieses Buch: Was bindet die beiden Frauen miteinander, was trennt sie? Die eine, Dina, stammt aus einem liberalen Elternhaus, sie verliebt sich gern, weicht festen Beziehungen zu Männern aus, die andere, groß geworden in einem Arbeiterbezirk, hat geheiratet und erwartet ein Kind. Ihre Wesenszüge und ihre Lebensumstände könnten nicht gegensätzlicher sein, dennoch freunden sie sich an und verlieren sich erst nach Jahren, nachdem sie eine gemeinsame Zeit in Berlin verbracht haben, aus den Augen.

Über die Autorin: Aysel Özakin, 1942 in Urfu/Türkei geboren, studierte Romanistik in Ankara und Paris. Nach dem Studium unterrichtete sie Französisch in Ankara. Seit 1973 veröffentlichte sie Erzählungen. Der Roman »Die Preisvergabe« erschien 1979 in der Türkei. Seit 1981 lebt sie in West-Berlin.
Von Aysel Özakin sind im Luchterhand Literaturverlag erschienen: *Die Preisvergabe* (SL 840); *Die Vögel auf der Stirn* (SL 978); *Glaube, Liebe, Aircondition.* Eine türkische Kindheit (1991).

Aysel Özakin
Die blaue Maske
Roman

Aus dem Türkischen
von Carl Koß

Luchterhand
Literaturverlag

Die türkische Ausgabe erschien unter dem Titel: »Mavi Maske«

Sammlung Luchterhand, November 1991
Lektorat: Klaus Siblewski
 Umschlagentwurf: Max Bartholl. Umschlagmotiv: Man Ray, masque. Satz: Uhl + Massopust, Aalen. Druck und Bindung: Wagner GmbH, Nördlingen.
Printed in Germany.
ISBN 3-630-71009-3

1 2 3 4 5 6 96 95 94 93 92 91

Für Mathias, Dietger, Bengü, Azade

1

Während ich im Vortragsraum der Akademie meine Gedichte las, fiel mein Blick auf einen Mann in den Dreißigern vorn in der ersten Reihe. War ich ihm nicht schon einmal begegnet? Als ich ihn am Ende der Lesung unter denen wiederfand, die sich Bücher signieren lassen wollten, schlug mein Herz plötzlich schneller. Ich war verwirrt, das war etwas, was ich lange nicht mehr erlebt, ja fast schon vergessen hatte, die Erregung gegenüber dem Gesicht, dem Atem, der Stimme eines Mannes. Mit seinen schlanken Händen stützte er sich auf den Tisch, krümmte den Rücken und fragte sanft, ob wir uns am folgenden Tag in einem Café treffen könnten. Es ginge um Dina, fügte er hinzu, während ich versuchte, das Pochen meines Herzens unter Kontrolle zu halten. Als ich Dinas Namen hörte, wußte ich nicht mehr, wem ich das Buch, das ich signiert hatte, geben sollte, und legte es einfach auf den Tisch.

Ich stand auf und gab ihm die Hand. Ich betrachtete ihn genauer und versuchte mich zu erinnern. Er hatte nach hinten gekämmte, hellbraune Haare, vorstehende Backenknochen, volle, geschwungene Lippen...

»Kannten Sie Dina?« fragte ich.

Er nickte.

Ich trat noch etwas näher an ihn heran, als wollte ich ein Geheimnis mit ihm teilen und es vor unserer Umgebung hüten. Er lächelte leicht, als habe er meine Erregung durchschaut.

»Waren Sie mit ihr befreundet?«

Er zögerte mit der Antwort und blickte mich prüfend an. Mit einem Male mußte ich an den Haß denken, den Dina gegen

mich entwickelt hatte. Womöglich hatte sich dieser Haß auch auf den Unbekannten übertragen, der da vor mir stand? Ein Bild zog an mir vorüber, das letzte von Dina, an das ich mich erinnere: Berlins zu jeder Stunde von erregtem Leben erfüllter, langer Boulevard voller Menschen, der Kudamm. Dina kommt auf mich zu, auf der gleichen Straßenseite gehen wir einander entgegen. Beide sind wir aufgeregt, als unsere Blicke sich treffen. Dina trägt einen gelbgesprenkelten, langen, weiten Pelzmantel, in dem sie fülliger und wohlhabender wirkt, als sie ist. Die Spitzen ihrer in Strähnen gefärbten, glatten Haare verschwinden im Kragen ihres Pelzes. Ein ausgesuchtes, zartes Make-up gibt ihrem Gesicht in dem kalten, grauen Wetter einen Schimmer von Glück. Als sie mich entdeckt, wendet sie sich ab und lacht dem Mann an ihrer Seite zu. Er ist groß und hat hellbraune Haare. Wir kommen uns immer näher, und im letzten Augenblick, als wir einander gegenüberstehen, starrt sie mich an, stur und beleidigt, mit einem Blick, der keinerlei Erinnerung und keinerlei Verzeihen in sich trägt. Ich dagegen erwarte bis zum letzten Moment wenigstens die Andeutung eines Grußes. Ich muß daran denken, daß niemand in dieser Stadt mich so lange kennt wie Dina K. Ich erwarte ein schelmisches Lächeln wie zwischen Geschwistern, die sich gezankt haben und wieder versöhnen wollen. Sie mustert mich, als sehe sie mir diese Hoffnung an, preßt die schmalen Lippen fest aufeinander, kneift die hellbraunen Augen zusammen – und geht einfach an mir vorüber. Und ich blicke zu Boden, als hätte ich die Schuld an der Verstimmung zwischen uns, und nehme den Mann, mit dem sie Arm in Arm geht, gar nicht wahr.
»Nun, wir werden uns versöhnen, wenn wir uns in Istanbul begegnen«, geht es mir durch den Kopf. In Beyoğlu, in dem Lokal, in das die Künstler und Journalisten vor dem Alltag, vor

der verwirrenden Eile der Stadt fliehen, um sich beim Aperitif das Gefühl von Freiheit vorzutäuschen.
Während ich versuche, mir dieses letzte Bild vorzustellen, das mir von Dina K. geblieben ist, höre ich die Stimme des jungen Mannes. Er steht immer noch vor mir und mustert mich gelassen:
»Wir waren... verheiratet.«
Für einen Moment bin ich wie versteinert. Eine zierliche Frauenstimme läßt mich zusammenfahren:
»Ich möchte einen Artikel über Sie schreiben. Wann könnten wir uns treffen?«
»Einen Augenblick«, flüstere ich Dinas Mann zu und drehe mich nach der Frau um. Sie ist um die vierzig, hat glatte, schwarze, auf Ohrlänge geschnittene Haare und ein verlebtes Gesicht.
»Ich bin Journalistin.«
»Es tut mir leid, ich habe keine Zeit«, sage ich. »Ich reise schon morgen ab.«
Während ich in ihre müden Augen blicke, bemerke ich, daß mein Bewußtsein noch immer auf dem Kudamm, bei der letzten Erinnerung an Dina ist.
Ich wußte, daß Dina sich in Zürich niedergelassen hatte, als ihr Stipendium in Berlin ausgelaufen war. Es hieß, sie sei wegen eines Schweizers nach Zürich umgezogen, den sie in Berlin kennengelernt hatte. Ich allerdings vermutete, sie war wieder mal einfach davongelaufen. Vor dem Bild der Türken in Deutschland, diesem groben und lächerlichen Bild, das nur eine Masse sah und nicht den einzelnen. Vielleicht war sie auch vor dem Anatolien in Berlin davongelaufen, einem Anatolien, das sich mit Arabeskenschnulzen, mit kleinen Mädchen in Kopftüchern, mit schnauzbärtigen Männern immer tiefer in Religion und Dörflichkeit begrub, und sich gleichzeitig un-

beholfen in Berlin hüllte wie in einen Anzug aus Chemiefasern. Die sie näher kannten, behaupteten, Dina sei mit ihrem wesentlich jüngeren Ehemann in Zürich sehr glücklich. Die Schwierigkeiten und Krisen, die ihr Leben bis dahin ausgemacht hatten, schienen vorüber zu sein. Auch ich glaubte das, bis vor etwa einem Jahr, als ich erfuhr, daß Dina bis fünf Tage vor ihrem Tod viele Monate in der Psychiatrie eingesperrt gewesen war. Der Mann mir gegenüber muß also der sein, mit dem ich Dina auf dem Kudamm gesehen hatte. Ich verabschiede mich von der Schweizer Journalistin und wende mich wieder Dinas Mann zu. Plötzlich habe ich das Gefühl, wir seien Komplizen, hätten gemeinsam ein Verbrechen begangen.

»Hast du wirklich keine Zeit?« fragt er gelassen.

»Morgen abend fahre ich nach Berlin zurück.«

»Morgen, ja können wir uns dann nicht morgen treffen?«

»Natürlich«, sage ich, als könnte ich seinen Vorschlag unmöglich ablehnen, »und wo morgen?«

»Kennst du dich in Zürich aus?«

»Das nicht gerade, ich war erst einmal hier, auch hier, in der Akademie.«

Er nickt leicht, wie um zu zeigen, daß ihm das bekannt sei. Beide müssen wir im selben Augenblick an Dina denken, und wir sehen uns mit traurigem Lächeln an. Ich wende mich ab, scheine den Ernst des Augenblicks nicht ertragen zu können, und blicke mich nach Frau Haffner um. Frau Haffner ist die Veranstalterin der Treffen in der Akademie. Als sie mich anderthalb Jahre zuvor vom Zürcher Bahnhof abholte, erzählte sie mir, daß sie zwei Tage vorher von einer Türkin angerufen worden sei. Die Frau habe fehlerfrei Deutsch gesprochen und wissen wollen, warum denn *ich* aus Berlin eingeladen worden sei, und nicht *sie*? Frau Haffner hatte mir ihr ausgeglichenes, unschuldiges Gesicht, das an eine gerade begossene weiße Rose erinnerte, zugewandt und, während sie ihren Wagen durch die von Villen und Gärten umsäumte Straße lenkte, mit ihrer Stimme, die weder Unsicherheit noch Überschwenglichkeit kennt, gesagt: »Es war wirklich nicht sehr angenehm. Sie hatte einen aggressiven Tonfall. Dabei kenne ich sie überhaupt nicht.« Als ich Frau Haffner entdecke, die an der Saaltür Gästen die Hand schüttelt, höre ich die Stimme von Dinas Mann: »Um elf im Bistro, auf dem Bahnhof, abgemacht?« Er geht auf den Ausgang zu und einen Augenblick lang starre ich ihm nach. Wie anders er doch aussieht als die beiden Männer, mit denen Dina vorher verheiratet war, so groß und schlank und mit einem leicht tänzelnden Gang. Beide hatten ernste Gesichter und volle Stimmen. Dieser aber, ihr letzter, wirkte wie einer, dem es Spaß macht, mit einer Frau Hand in Hand zu gehen, der nah sein kann und dennoch Abstand zu wahren versteht. Ich stelle mir vor, daß er die gutsitzende braune Lederjacke in Istanbul im Geschlossenen Basar gekauft hat. Während ich mich einem Buch zuwende, um es zu signieren, strömen mir Bilder von diesem Basar durch den Kopf: Gewölbe, Säulen, Kupfer, Silber, Leder, Seide. Touristen aus Westeuropa. Überall die kleinen, angeberischen Helfer der Kaffeehausbetreiber, die einmal gefürchtete Draufgänger werden wollten und ihre Tabletts mit den Teegläsern wichtig hin und her schwenken, während sie sich einen Weg durch die Menge bahnen. Der große Basar! Halb im Dunkel liegende Passagen, in denen sich Neckereien, Armut, Ausgelassenheit, rührselige Lieder miteinander vermengen. Ich stelle mir vor, wie Dina sich beim Kauf der Jacke in eine Feilscherei mit einem ebenso ehrlich wie listig, mal verspielt, mal väterlich wirkenden, schnurrbärtigen Verkäufer eingelassen hat. Ihr Mann steht daneben und beobachtet sie gelassen und amüsiert.

2

Ich sitze im Bistro des Zürcher Bahnhofs und warte auf Dinas Mann. Die meisten an den Tischen sind Ausländer. Vor ihnen stehen Kaffeetassen und Aschenbecher voll ausgedrückter Zigaretten. Vom einen Tisch dringen italienische Worte an mein Ohr, vom andern arabische. Das Schweizerdeutsch, in dem sich ein Ehepaar unterhält, ist mir völlig unverständlich. Der Unterschied zwischen dem Deutsch, das Dina noch als junges Mädchen in der Schule gelernt hat, und dem Zürcherdeutsch muß ihr zugesetzt haben! Zu reden, das war für sie stets eine Art Spiel, ein festliches Vergnügen – über Filme oder Bücher zu reden, die Liebesaffären ihrer Freunde oder ihre eigenen wie witzige Geschichten zu erzählen.
Redend habe ich sie auch kennengelernt. Sie sprach laut und brach dabei immer wieder in Gelächter aus. Sie kennenzulernen, das war für mich in meinem eintönigen, stillen Leben wie von einem Wolkenbruch überrascht zu werden. Ich lebte mit meinem Mann in einer kleinen Stadt ganz nahe der bulgarischen Grenze und war zum ersten Mal allein nach Istanbul gekommen, damals, vor ungefähr zwanzig Jahren. Die solide Gattin des Landwirtschaftsdirektors und vorbildliche Lehrerin! Nur Vorbild zu sein, das hatte begonnen, mir wie eine Lüge vorzukommen. Ich verwendete meine gesamte Kraft darauf, tagsüber im Unterricht eine ebenso autoritäre wie verständnisvolle Lehrerin zu sein und am Abend mit großer Mühe den Tisch zu decken.
Manchmal saßen wir dann nach dem Essen bei Kerzenschein am runden Tisch in der Küche und tranken Wein. Ich vertraute meinem Mann mein Geheimnis an:

»Ich möchte schreiben.«
Er musterte mich eine Weile und strich mir schließlich mit der Hand über das Gesicht, wie um mich von der Unmöglichkeit meines Wunsches zu überzeugen.
»Dann tu es doch«, sagte er, »schreib doch, aber laß dein Leben, wie es ist.«
Ich allerdings spürte beim Korrigieren der Aufgaben meiner Schüler, daß das Leben, das ich führte, und mein Wunsch zu schreiben, einfach nicht zusammengingen; ebenso wie ich fühlte, daß ich und diese Stadt nicht zusammenpaßten. Ich fühlte mich fremd an diesem Ort mit den frommen armen Leuten und den im Komfort lebenden Neureichen. An manchen Abenden gingen wir hinunter in die Stadt, die unter dem Mantel ihrer Widersprüche schon schlummerte. Ein Offizierskasino, eine schicke Konditorei, ein Fluß und zwei Kinos warteten darauf, die Familien von ihrem Glück zu überzeugen. Ich zog mir dann meist ein Schneiderkostüm an und steckte mir die Haare hoch wie die anderen Lehrerinnen auch. Die Grenze gleich hinter unserem Haus erweckte den Wunsch in mir, in die Ferne zu reisen, und ich fing an, Gedichte zu schreiben, um weniger daran zu denken. Gerade hatte ich meine Gedichte an eine Literaturzeitschrift in Istanbul geschickt, da erfuhr ich, daß ich schwanger war. Es war später Nachmittag, als ich aus der Arztpraxis trat und meine Schritte in die alten Gassen der Stadt lenkte. Enge Steigungen mit dunkel gewordenem Pflaster, ohne Bürgersteige, umgeben von verlassenen, baufälligen Häusern aus Stein und Holz. Moscheenhöfe, einstöckige, ärmliche Behausungen mit qualmenden, blechernen Schornsteinen, aus einem Fenster ergoß sich ein *Taksim*. Plötzlich ein Regenschauer. Mein blaues Popelinekleid mit Manschetten und Männerkragen war sofort durchnäßt und klebte mir an Rükken und Bauch. Im Hof eines verlassenen Holzhauses fand ich,

neben einer verfallenen Mauer, ein Vordach, das jeden Augenblick herabzustürzen drohte. Durch den Schleier des heftigen Regens blickte ich hinunter auf das grüne Tal mit dem Fluß, der aus dem Nachbarland kam. Ich kann nicht sagen, warum ich gerade dort, vor der Tür dieses jahrhundertealten Holzhauses, an dem sogar noch ein vergitterter Erker erhalten war, zu weinen begann. Ich hatte das Gefühl, mich plötzlich in der Zeit, irgendwo zwischen Vergangenheit und Zukunft, verloren zu haben, zwischen meinem eigenen Leben und dem in meinem durchnäßten Bauch. Mein Mann hatte mich in meinem Entschluß, nach Istanbul zu fahren, bestärkt, als wollte er mich dafür belohnen, daß ich schwanger war. Mein Wunsch zu schreiben, machte ihm nun keine Angst mehr. Die Schwangerschaft würde den Widerspruch, den ich in mir trug, besiegen. Er hatte mir die Adresse eines bekannten Dichters gegeben, seines Schulfreundes Çelik R. Çelik R. wohnte mit einem jungen Studenten im Kellergeschoß eines alten Istanbuler Holzhauses. Der junge Mann kam kaum aus seinem Zimmer. Er wirkte sehr still und in sich gekehrt. Als wir zu dritt beim Essen saßen, bemerkte ich, daß sein blasses, ausgemergeltes Gesicht gelegentlich errötete. Zum Rakı gab es Schafskäse, Honigmelone, Tomaten. Wenn Çelik R. den Jungen etwas fragte oder ihm Vorwürfe machte, führte er sich auf wie ein Familienoberhaupt, und sein schelmischer Blick hatte etwas leicht Dämonisches und Gebieterisches. Ich wußte von meinem Mann, daß Çelik R. wegen homosexueller Beziehungen aus dem Staatsdienst entfernt worden war. Deshalb achtete ich darauf, ihn nicht nach seinem Privatleben zu fragen, wie etwa, wovon er lebte, ob die Wohnung ihm gehörte oder gemietet war, oder auch, an welcher Fakultät sein Freund studierte. Wir hatten uns kaum kennengelernt, da sprachen wir schon über Bücher. Die Wohnung war eingerichtet wie die eines armen Rentners, stellenweise durchgetretene Bauernkelims, zwei Korbsessel, deren Geflecht sich aufzulösen begann, kleine Holzschemel, provisorisch angebrachte Vorhänge aus weißem Leinen, eine an den Rändern angelaufene Teekanne aus Zink. Der ärmliche Anstrich der Wohnung vereinigte sich mit dem Halbdunkel und dem Geruch von Feuchtigkeit und spiegelte sich im melancholischen Gesicht des jungen Studenten. Mit den gelockten, blonden Haaren und dem blassen Gesicht wirkte er in seiner stillen, vornehmen Art wie einer, der in einem reichen Elternhaus eine feine Erziehung genossen oder gar ein ausländisches College besucht hatte. Daß er sich gegenüber einer Fremden, einer Frau, die zu Besuch kam, zwar gleichgültig aber doch höflich verhielt – ob das ein Zeichen dafür war, daß er viel gelitten hatte, oder daß er etwas zurückgeblieben war, war schwer auszumachen. Çelik R. aber redete sehr viel. Er sprach entweder über Bücher, über Gedichte und Aufsätze in Zeitschriften, oder aber über die Istanbuler Schriftsteller und Dichter, die ich damals noch nicht kennengelernt hatte. Und außerdem über zufällige, lustige Ereignisse, die er auf dem Dampfer, auf der Straße oder beim Krämer erlebt hatte... Von einer dicken alten Frau, die sich mit dem Schaffner anlegt, von einem einfältigen Mann mit Schirmmütze, der mit zwei lebenden Hühnern in der Hand in den Bus steigt und dann nicht weiß, wie er mit ihnen fertig werden soll, von einem Kind, das seine Mutter fragt, ob die am Ufer vor Anker liegenden Schiffe nachts schlafen. Çelik R. erweckte den Eindruck, als ginge er nur auf die Straße, um derartiges zu beobachten, oder aber um sich die aus der osmanischen Zeit stammenden Schlösser, die verlassenen Herrensitze, die Holzhäuser, die alten Menschen auf dem anatolischen Ufer der Meerenge anzusehen. Während er derlei Geschichten erzählte, während er auswendig Verse oder Zitate aus Büchern vortrug, wandte der junge Mann seinen Blick von uns ab oder saß einfach mit gesenktem Kopf da und begnügte sich mit einem gelegentlichen Lächeln. Schließlich stand er auf und ging in sein Zimmer. Daraufhin trug mir Çelik R. Gedichte der surrealistischen französischen Dichter vor, die er gerade übersetzte.

Çelik R. war mir wie ein Mensch vorgekommen, der zwischen den Zivilisationen herumreist, und dieses Besondere an ihm hatte mich in meinem Verlangen nach Freiheit bestärkt. Ihm dagegen hatte der Widerspruch zwischen meinem Schneiderkostüm, den streng gebundenen Haaren und der Tatsache gefallen, daß ich ungewöhnliche Gedichte schrieb. Möglicherweise war ich ihm auch erschienen wie eine Figur aus einem Gedicht. Er schien mich plötzlich unter seine poetischen Flügel nehmen und den Zauber Istanbuls mit mir teilen zu wollen. Jedenfalls zeigte er mir all die Brunnen, all die alten Wandverzierungen, die schlanken Minarette, die jahrhundertealten Platanen, erzählte mir die Geschichte der Lustschlösser und Herrenhäuser.

Außerdem ging er mit mir zu einer Vogelschau, zählte mir die Namen ausgestorbener Arten auf, und es schien, als enthüllte er mir mit den Geheimnissen Istanbuls auch die seiner eigenen Gedichte. Als es Abend wurde, führte er mich in eine Taverne, in der sich die Maler, Schauspieler, Dichter und Schriftsteller der Stadt bei griechischer Musik versammelt hatten.

»Die Frau eines Freundes von mir«, stellte er mich vor, »sie schreibt Gedichte.« Sie musterten mich mit nachsichtigem Lächeln. Ich lauschte auf jedes Wort, das gesprochen wurde, und als ich dann versuchte, ihnen meine Kenntnisse auf dem Gebiet der Literatur zu zeigen und näher an sie heranzukommen, merkte ich, daß ich rot wurde.

Am dritten Tag nach meiner Ankunft in Istanbul ging Çelik R. mit mir zur Eröffnung einer Ausstellung. Dort war es, daß ich mit Dina K. bekannt wurde. Zunächst lernte ich ihre Stimme kennen, eine übermütige Stimme, die eher zu einem amüsierfreudigen jungen Mann als zu einer Frau zu passen schien... Um sie herum standen Männer, die sich irgend etwas erzählten, und elegante Frauen, die über jeden Witz lachten. Sie trug einen kurzen, engen, schwarzen Rock und eine schwarze Seidenbluse. Ihre Haare waren knabenhaft kurz geschnitten und blond gefärbt. Ganz außer Atem, redete sie von irgend etwas; Gesicht, Körper, Stimme, alles an ihr war in Bewegung.

»Komm«, sagte Çelik, »ich will dich Dina K. vorstellen. Hast du ihre Erzählungen gelesen?«

Mit einigen der Leute, die auf der Ausstellung waren, gingen Çelik und ich abends in die Wohnung, in der Dina mit ihrer Mutter lebte. Im Handumdrehen hatte Dina eine Rakıtafel herbeigezaubert, auf der es an nichts fehlte. Krabbensalat, tscherkessisches Huhn. Eine Mischung aus der französischen und der vornehmen türkischen Küche. Bei Tisch spürte ich wieder den Unterschied zwischen Dina und mir. Ich hatte meine Kindheit in einem der Tradition und der Religion verhafteten Randviertel verbracht und war als junge Frau nun Lehrerin in der Provinz. Dina dagegen...

Unter dem Einfluß des Rakıs lachte auch ich bald laut, und als ich die anderen dann damit in Erstaunen versetzte, daß ich Aragon gelesen hatte, sagte Çelik R.:

»Lies uns doch mal ein paar deiner Gedichte!«

»Ja, lies doch mal«, verlangte auch Dina K.

Ich verspürte ein Zittern in mir, während sich Stille über das Zimmer senkte. Ich erhob mich vom Tisch, und erst jetzt fiel mir auf, daß die schwarze Lederhandtasche, die ich auf dem Weg zur Schule zu tragen pflegte, aus der Mode gekommen war. Es drehte sich mir vor den Augen, und die Hände zitterten mir leicht. Unter den Anwesenden wußte niemand, daß ich nicht nur Lehrerin und Hausfrau aus der Provinz war, sondern auch werdende Mutter. Unter diesen frei und ungewöhnlich scheinenden Menschen mußte meine Schwangerschaft eine Besonderheit sein, die meine Gewöhnlichkeit, meine Provinzialität nur unterstreichen konnte. Hätte ich von ihr gesprochen, meine Gedichte hätten an Gewicht und Überzeugungskraft verloren.

Ich kam zurück an den Tisch und trug meine Gedichte vor wie eine Schülerin bei einem Auftritt in der Aula.

»Du hast Ähnlichkeit mit Tschechows Heldinnen«, sagte Dina und hielt mir ihr Glas entgegen. »Auf Nataschas Wohl«, rief sie und prostete auch den anderen zu.

Auch ich griff nach meinem Glas und lachte mit ihnen über den Namen, den Dina mir gegeben hatte. Dabei fühlte ich, daß ich wirklich eine andere werden, mir ein anderes Leben schaffen wollte. Was vielleicht jeder von ihnen wollte. Das Fernweh, der Wunsch auszubrechen, das war, so glaube ich, ein Gefühl, das uns alle verband. Fast jeder von ihnen war einmal in Paris oder London gewesen, hatte dort eine Zeitlang gelebt, und in ihren Reden tauchten Namen aus diesen Städten auf, Symbole, die außer mir alle kannten.

Ich ging Seite an Seite mit Dina. Am Bosporus. Bunte Abendstimmung. Wie trunken vor Neugier bin ich, als fiele ich von einem Traum in den nächsten. Hier prächtige Schlösser, Herrenhäuser, alte, heruntergekommene Holzgebäude, Teegärten unter Platanen, Fische zappeln in blumengeschmückten Körben, kleine Uferlokale, heimliche Verliebte sitzen im Schein von Petroleumlampen, die an Ästen baumeln, osmanische Klänge aus Oboen und Klarinetten, die sich aus offenen Fenstern auf die Straßen ergießen, und im Kontrast zu der ruhigen, melancholischen Musik rohes Geschrei, Gelächter; und dort Dina K., die Heldin aus einem französischen Film.

Dina wundert sich, daß auch ich Kafkas »Briefe an Milena« gelesen habe.
»In der Provinz verschwendest du nur deine Jugend und dein Talent«, sagt sie.
Ich bewundere sie, wie sie weitergeht, ohne den Blicken, den Zurufen der Männer Beachtung zu schenken. Alles, was um sie herum passiert, scheint sie bereits zu kennen und für unbedeutend zu halten. Als sie Aprikosen und Äpfel kauft und sich nur die guten Früchte aussucht, ohne auf den Einspruch des Händlers einzugehen, ja, den brummenden Mann sogar mit den Worten zum Schweigen bringt: »Die schlechten kannst du selbst nehmen und Marmelade draus kochen«, als sie beim Kauf von Wein eine bestimmte Sorte verlangt und auf den Jahrgang achtet, da erweckt das Neid und Beunruhigung in mir. Nach dem Einkauf schlägt Dina vor, wir sollten einen Aperitif trinken gehen. Dabei weiß sie, daß das nicht zu meinen Gewohnheiten gehört.
Wir betreten das Café eines eleganten Hotels. Runde Tische mit weißen Tischdecken, fliegentragende Kellner in schwarzen Anzügen. Sie schlägt vor, daß wir uns an die Bar setzen. Ich befürchte, es könnte mir schwerfallen, mich in meinem engen Rock auf einen der Hocker zu setzen. Dina übergeht mein Zögern und setzt sich an die Bar. Der Kellner begrüßt sie, mich aber blickt er mit einem Anflug von Geringschätzung an, als wolle er sagen: »Eine Verwandte aus der Provinz?«
Dina bestellt sich Gin Tonic. Ich nicke nur mit dem Kopf: »Für mich auch.«
»Ich glaube«, sage ich, »ich liebe ihn.«
»Aber«, sagt sie, »wenn du nur mit einem Mann zusammen bist, wie willst du dann wissen, was Liebe ist?«
»Ich bin schwanger«, sage ich.
Sie sieht mich einen Augenblick prüfend an. Ich kann nicht

erkennen, ob in ihrem Blick Neid oder Geringschätzung oder vielleicht auch beides liegt.
»Aber erst seit kurzem«, sage ich nach einem Schluck Gin Tonic.
»Natascha ist schwanger«, sagt sie zu dem jungen Kellner, der an die Bar getreten ist, um mit ihr zu plaudern.
Einen Augenblick lang fühle ich mich hintergangen.
»Natascha?« fragt der Kellner und lächelt mir plötzlich voller Sympathie zu.
»Sieht sie nicht aus wie die Mädchen in russischen Filmen?« fragt Dina einen neben ihr sitzenden Mann im Trenchcoat mit dunkelbraunen, lockigen Haaren und einer Brille und zeigt dabei auf mich. »Das ist Tekin«, stellt sie ihn mir vor. Tekin bejaht nickend, daß ich wie »Natascha« aussehe, und blickt mir mit unentschlossenem Lächeln in die Augen. Sein Blick erregt mich, dieser verträumte und aufreizende Blick, den ich Jahre später näher kennenlernen sollte. »Natascha ist verheiratet, Lehrerin und schwanger«, sagt Dina und beugt sich zu ihm hinüber. Die beiden lachen. Tekin fragt sie, ob sie »Das Schweigen« von Bergman gesehen habe.
»Ein großartiger, mutiger Film«, sagt Dina. »Ein Sexfilm mit Philosophie und Psychoanalyse.«
Während sie sich über den Film unterhalten, erinnere ich mich daran, wie ich ihn mir mit meinem Mann angesehen habe. Daran, wie die Zuschauer in dem nach Lehm riechenden Kino das Schweigen im Film durch das unaufhörliche Aufknacken von Kürbiskernen zunichte gemacht hatten. Als wir das Kino verließen, war ich enttäuscht gewesen, von dem Film, von der Stadt, von ihren Bewohnern, von meinem Mann.
»Was macht deine verrückte Geliebte?« will Dina von Tekin wissen.
»Sei nicht so eifersüchtig«, sagt er und hebt lachend sein Glas.

»Ach, du bist mir einer. Auf dich eifersüchtig? Solche wie dich habe ich schon lange satt.«
Als Tekin sie etwas später auf die Wange küßt, mir die Hand schüttelt und davongeht, bestellt Dina noch einen Gin Tonic, legt sich für einen Moment die Hand auf die Stirn und sagt wie zu sich selbst: »Ich möchte von Istanbul weg.«
»Wohin denn?« frage ich, und kann mir gar nicht vorstellen, daß jemand von Istanbul weggehen will.
»Nach Europa«, sagt sie. »Mir ist es hier inzwischen langweilig.«
Wir verlassen die Hotelbar und sie hält ein Taxi an. Im Wagen sagt sie plötzlich: »Fahr nicht zurück, bleib einfach hier. Ich kann dir morgen einen Termin beim Arzt besorgen, er macht es dir weg.«
»Einverstanden«, sage ich, und wundere mich selbst über meine Antwort. Gleichzeitig erwische ich im Rückspiegel den Blick des Fahrers. Es ist ein wütender und verächtlicher Blick.
Dina redet weiter: »Und dann gehen wir zusammen weg. Entweder nach Berlin oder nach Zürich.«

Seit einer Stunde warte ich im Bistro auf dem Bahnhof von Zürich auf Dinas Mann. Langsam werde ich immer unruhiger. Ich stelle mir den fremden Mann noch einmal vor. Und den Schauder, den ich erstmals seit langem wieder verspürte, als er in der Akademie auf mich zukam.
»Ich muß ihn finden«, sage ich mir immer wieder und stelle erstaunt fest, daß ich weder Vornamen noch Nachnamen dieses Mannes kenne.

3

Seit einer Woche wohne ich in Zürich in der Niederdorfstrasse. Das Zimmer ist klein, die Sonne fällt nur bis auf die Fensterrahmen. Von der Wand des gegenüberliegenden Hauses bröckelt der Putz ab. Im Erdgeschoß des fünfstöckigen alten Gebäudes befindet sich ein Nachtklub, in dem junge Frauen aus Afrika und Ostasien beschäftigt sind. Neben meinem Zimmer wohnt Zülfü. Er ist im Laderaum eines Fernlasters aus der Türkei geflohen. Seiner Vermittlung verdanke ich auch das Zimmer. Zülfü ist in einer der vielköpfigen Familien aufgewachsen, die beengt in den Randvierteln Istanbuls leben und ebensoschnell streiten wie mit Hilfe bei der Hand sind. Junge Männer, denen die Locken in die Stirn fallen, die unbedingt einen Schnurrbart haben müssen und schwarze, spitz zulaufende, stets gewichste Rindslederschuhe und gebügelte Anzüge mit weiten Hosenbeinen und weiße, weitärmelige Hemden tragen. Sie sind stolz und wollen sich von den Dörflern abheben. Die meisten von ihnen haben die Mittelschule abgebrochen, waren in Englisch oder Naturkunde zu schlecht. Auch die Fächer, die ihnen nichts einbrachten, ihre auf Ordnung und Höflichkeit versessenen Lehrer, alle angepaßten Muttersöhnchen in ihrer Klasse haben sie verflucht und mit einer Handbewegung zur Hölle gejagt. Sie hatten dringlichere Aufgaben, größere Ziele als auf Schulen zu lernen. Für sie ging es um die Achtung ihrer Mütter. Die Mütter erwarteten von ihnen, daß sie sämtliche Familiennöte mit einem Schlag wegzaubern würden. Sie wollten den Platz des Vaters übernehmen, der alt und von Arbeit oder Arbeitslosigkeit krumm geworden war, sie hatten auf Kleidung, Benehmen

und Verhalten der Schwestern aufzupassen und deren Ehre zu bewachen bis zur Übergabe an den künftigen Ehemann. Wenn andere Männer ein Auge auf ihre Frauen oder Schwestern warfen, verteidigten sie ihre Ehre kaltblütig und ohne Furcht. Auf Fotos in den Zeitungen sah man sie oft in Handschellen, entschlossen blickend, als wollten sie das Leid der Welt zurückweisen. Die Rakıtafel mit Schafskäse und Honigmelonen, darum herum die Freunde, dort konnten diese jungen Männer ihre geheimen Regungen offenbaren. Bei diesen Trinkgelagen konnte man sie laut schluchzen hören! Wehe aber jemand machte sich lustig, wenn sie weinten und ihr Herz ausschütteten! »Mord aus nichtigem Anlaß« war dann die Schlagzeile, wenn von einer Bluttat an einer solchen Tafel berichtet wurde.
Aus dem Kessel, der auf der Kochplatte auf dem Tisch brodelt, schenkt Zülfü mir Tee in das goldgeränderte, zierliche Glas. »Das Problem lösen wir im Nu«, sagt er, »der Chef kann mir nichts abschlagen.«
In sein Zimmer, dessen Fenster auf die Niederdorfstrasse schauen, hatte Zülfü alle möglichen Dinge gestopft, zumeist beim Trödler erstandene oder im Sperrmüll gefundene Sachen. Ein stoffbezogenes Sofa, zwei Sessel, ein kleiner Couchtisch, ein Büfett aus Nußbaum, ein Fernseher, ein Videogerät, eine Musiktruhe, ein zusammenklappbares Doppelbett, ein Kühlschrank, ein Resopaltisch. Auf dem steht eine Kochplatte mit einem brodelnden Teekessel. Ich wundere mich, wie Zülfü all die Sachen im Zimmer unterbringen konnte, und das oben im vierten Stockwerk! Er schenkt uns Tee nach und dreht die Kassette um. Eine zarte, bebende Frauenstimme:
»Jede Stufe eine Flamme. Jeder Schritt ein Brennen.«
Ich sitze in dem schweren, sperrigen Sessel, trinke Tee aus dem zierlichen Glas. Zülfü will wissen, warum ich in Zürich geblieben bin, und ich antworte ihm, daß ich Recherchen zu einem bestimmten Thema anstellen wolle.

»Für welche Zeitung?« fragt er.
»Das ist noch nicht raus«, sage ich und bin froh, daß er mich für eine Journalistin hält. Für eine Zeitung zu arbeiten, für sie Recherchen zu machen, das könnte es in Zülfüs Augen rechtfertigen, daß ich ganz auf mich gestellt bin.
Als ich ihn frage, ob er Dina K. kenne, will er sich zunächst nicht an sie erinnern. Als ich Dina K. allerdings näher beschreibe, unterbricht er mich plötzlich und sagt mit verächtlicher Miene:
»Ach, dies eingebildete Weibstück?«
»Wieso eingebildet?«
»Wie sie sich benimmt«, sagt er.
»Hast du sie mal kennengelernt?«
»Das nicht. Sie ist sehr hochnäsig, mit Türken gibt sie sich ohnehin nicht ab. Sie lebt mit einem Schweizer zusammen – vielleicht sind sie auch verheiratet.«
»Dina ist vor einem Jahr gestorben.«
»Nicht doch!«
Zülfü schweigt eine Zeitlang und blickt peinlich berührt vor sich hin. Dann steht er auf und wendet mir den Rücken zu, um die Kassette zu wechseln:
»Woran ist sie gestorben? Sie war doch noch ziemlich jung. Ein Unfall?«
»Krebs.«
Zülfü stellt das Tonband leiser. Er will sich auf den Stuhl mir gegenüber setzen, läßt es dann aber und sagt:
»Der Chef ist jetzt da, wollen wir runtergehen? Wenn wir ihm sagen, daß du Journalistin bist, stimmt er eher zu.«
Während wir zum Chef in den Nachtklub hinuntergehen, erklärt er mir, daß die Frauen, die dort beschäftigt sind, nicht im Hause wohnen. Ich solle mir darüber keine Sorgen machen. »Früher war das Haus zwar so was, Tag und Nacht gingen die

Männer ein und aus; aber das haben wir inzwischen bereinigt. Es gibt keine Frau im Haus, die so arbeitet. Die haben wir alle rausgeworfen. Wie vielen Männern, die irgendwann mitten in der Nacht unten klingelten, habe ich einen Eimer Wasser auf den Kopf gegossen! Der Chef hat großes Vertrauen zu mir. Nach dem Chef bin ich für das Gebäude verantwortlich.«

Ich weiß, wie sehr es jungen Männern wie Zülfü gefällt, sich verantwortlich zu fühlen. Es ist eine Art von Stolz, der ihnen das Gefühl von Reichtum gibt...

Wir betreten den dunkelrot beleuchteten Klub durch den Hintereingang innerhalb des Gebäudes. Die Tische sind für den Abend hergerichtet, und eine junge Afrikanerin tritt uns entgegen. Sie trägt ein offenes, kurzes, schwarzes Kleid mit Schlitzen an den Seiten, durch die man ihre Brüste sehen kann. Zülfü wendet seinen Blick in die Tiefe des Raumes, wie um mir zu zeigen, daß er die Frau nicht ansieht.

»Wo ist der Chef?« fragt er in herrischem Ton.

Das junge Mädchen mustert mich kurz, dreht sich um und verschwindet, auf den hohen Absätzen ihrer schwarzen Schuhe klappernd, im hinteren Teil des Saals.

Etwas später erscheint der Chef. Er begrüßt Zülfü mürrisch und gleichgültig.

»Was gibt's?« fragt er und scheint mich zu übersehen.

»Wegen des Zimmers«, sagt Zülfü und wird plötzlich verlegen.

Da erst merke ich, daß er nur sehr wenig Deutsch kann. In gespieltem Ernst erkläre ich dem Chef, der sich anmerken läßt, daß ihm der Besuch einer fremden Frau nicht paßt: »Ich möchte das Zimmer oben mieten.«

Der Chef läßt seine großen, blauen Augen für einen Moment über mich gleiten. Gegenüber Frauen kann er nur auftrumpfen. Er fragt Zülfü, ob ich eine Aufenthaltsgenehmigung besäße.

»Sie kommt aus Berlin«, sagt Zülfü in mühsamem Deutsch und fügt dann hinzu: »Sie ist Schriftstellerin.«
Der Chef verhält sich, als habe er das nicht gehört. Er macht eine Schublade auf, nimmt einen dicken Schlüsselbund heraus und geht zur Tür.
Zülfü läßt mir den Vortritt. Schweigend gehen wir drei die Treppe hinauf. Im dritten Stock schließt der Chef das Zimmer neben Zülfüs auf und bleibt mit dem Schlüsselbund in der Hand an der Tür stehen.
Ein Drittel des Zimmers ist ausgefüllt von einem rötlich angestrichenen Kleiderschrank. Eine billige Sprungfedermatratze für eine Person, ein schiefer kleiner Resopaltisch, fleckig gewordene Auslegeware. Der Chef steht mit dem Schlüsselbund an der Tür, als würde er wortlos das Zimmer wieder verschließen, sollte er Unzufriedenheit an mir entdecken.
»Wenn ein besseres Zimmer frei wird, verlege ich dich sofort, Schwester«, sagt Zülfü auf türkisch und so leise, daß der Chef es kaum hören kann. »Wir sind hier mitten im Zentrum, alle Touristen kommen in die Straße.«
Als ich dem Chef erkläre, daß ich das Zimmer nehmen wolle, überreicht er mir zwei Schlüssel. Er zeigt auf den größeren und sagt:
»Die Toilette ist neben der Treppe; vergessen Sie nicht, sie jedesmal wieder abzuschließen. Kommen Sie nach unten, ich gebe Ihnen eine Quittung. Die Miete beträgt 300 Franken, das Pfand für die Schlüssel 50.«
Ich ziehe noch am selben Tag in das Zimmer. Ich komme mir vor wie ein Detektiv, der an düsteren, gefährlichen Orten ein und aus geht, um ein Geheimnis zu ergründen, und diese Phantasievorstellung erweckte eine freudige Erregung in mir. Gleichzeitig mache ich mir Gedanken darüber, wie ich für meine Anderthalbzimmerwohnung in der Pfalzburger Straße in Berlin einen Nachmieter finden könnte.

Ich weiß nicht, wie lange ich in Zürich bleiben würde. Soll ich mich vielleicht ganz dort niederlassen und nie wieder nach Berlin zurückkehren?
Berlin. In der U-Bahn Richtung Kreuzberg hatte ich ein Mädchen gesehen. Sie war ganz jung, im Gesicht trug sie eine Katzenmaske, sie hatte sich Wollknäuel, Fäden, Kordeln in allen Farben im Haar befestigt. Sie schob die Katzenmaske vom Gesicht, nahm einen Handspiegel aus ihrer Tasche aus bunten Stoffetzen und betrachtete ihr Gesicht. Es war das eines kleinen, ängstlichen Mädchens, das nicht vom Schoß der Mutter herunter wollte. Ihre großen, hellbraunen Augen waren gelassen und voll Einsamkeit. Sie steckte sich einen Bonbon in den kleinen Mund, und ihre wulstigen Lippen verzogen sich. Sie schob die Maske wieder über das Gesicht.
Ihre langen Nägel waren in verschiedenen Farben bemalt, ihr langes, seidenes Abendkleid hatte sie vom Trödler, vielleicht stammte es noch aus der Zeit vor dem Krieg.

4

Auf der Treppe zur Technischen Universität erkenne ich ihn an den langen Beinen, an der braunen Lederjacke, an den hellbraunen, glatt zurückgekämmten Haaren. Es ist Dinas Mann. Für einen Augenblick bin ich wie erstarrt, und anstatt hinter ihm herzulaufen, hoffe ich, daß er sich umblickt und mich bemerkt, daß er stehenbleibt und auf mich wartet. Gleich darauf beschleunige ich meine Schritte, aber als ich die Hälfte der Stufen hinter mir habe, ist er schon im Eingang der Mensa verschwunden.

Ich habe beschlossen, mir wie an den Tagen zuvor in der Cafeteria einen Platz an einem der Tische gegenüber der Tür zu suchen, so daß ich Dinas Mann beim Eintreten oder Hinausgehen entdecken kann. In der Cafeteria geht es ruhig zu, es gibt keine Rangeleien, niemand schwingt sich über das Geländer, keiner bekommt einen Lachkrampf, skandiert Parolen oder singt ein Lied. Da ihr Mann hier offenbar verkehrt, ist vielleicht auch Dina ab und zu hier gewesen. Ich stelle mir vor, daß sie mit ihrer lauten Stimme und ihrem derben Lachen aufgefallen sein muß. Hier herrscht eine Harmonie, die nichts für Dina war. Ich bekomme nur die Hälfte vom kalten Fleisch hinunter. Als ich das Tablett auf das Abräumband stellen will, bilde ich mir plötzlich ein, mich beobachtet jemand. Ich drehe mich um und lasse meinen Blick über die an den Tischen Sitzenden wandern, Dinas Mann aber kann ich nirgends entdecken. Vielleicht ist er gar nicht zufällig auf der Treppe zur Technischen Universität aufgetaucht und wieder verschwunden. Einen Moment lang erwäge ich, im Café nebenan auf ihn zu warten, aber

sofort ist mir das peinlich. Ich möchte nicht den Eindruck erwecken, als liefe ich hinter ihm her.
Ich gehe zum Hirschenplatz zurück. Wie am Abend zuvor ist er voller Trinker, Heroinsüchtiger, Arbeitsloser, Arbeitsmigranten, Punks, die sich Zucker in ihre grün, blau oder schwarz gefärbten Haare gekämmt haben. Ein junger Mann setzt sich eine Flasche mit Benzin an den Mund, nimmt einen Schluck und speit eine Flamme in die Luft. Zwei langhaarige, dunkelhäutige Lateinamerikaner in Ponchos machen Indianermusik auf allerlei Flöten und Schellen und sammeln Geld.
Ich treibe mich auf dem Platz herum. Wenn er die Mensa verläßt, könnte er hier vorbeikommen. Vielleicht hat er auf das Abendessen in der Cafeteria aber auch verzichtet, als er mich auf der Treppe entdeckte. Oder ist gar nicht zum Essen gekommen, sondern wollte sich mit jemandem treffen oder zu einer Vorlesung in einem der Hörsäle in den oberen Stockwerken gehen. Vielleicht wußte er nicht, wie er es begründen sollte, daß er mich versetzt hatte, es war ihm peinlich gewesen, und er war in Panik geraten. Warum nur war ich die Treppe nicht schneller hinaufgestiegen? Ich hätte laufen und nach ihm rufen können. Wäre Dina an meiner Stelle gewesen, sie hätte das gemacht, hätte nicht gezögert und nicht lange überlegt, was der andere denken mochte. He! Warte doch mal, hätte sie gerufen, ihn eingeholt und dann so schnell und unverblümt mit ihm geredet, daß Verstimmung oder Verlegenheit gar nicht erst aufgekommen wäre. Jetzt hab' ich dich erwischt, hätte sie gesagt und sich bei ihm untergehakt, und dann vielleicht: Wo gehen wir hin? Und hätte der andere gesagt, er müsse irgendwo allein hin und etwas erledigen, so hätte sie gesagt: Gut, abgemacht? Oder sich sofort Telefonnummer und Adresse geben lassen und ihn noch am selben Abend angerufen, oder gleich mehrmals am selben Abend, und wenn er sich dann immer noch nicht auf ein

Rendezvous eingelassen hätte, so wäre sie einfach zu ihm gegangen, hätte plötzlich vor seiner Wohnung gestanden, hätte über alles hinweggesehen und auch nicht die geringste Spur von gekränktem Stolz gezeigt, ihm keinerlei Vorwürfe gemacht, sondern ihre Hartnäckigkeit mit der natürlichen Ausgelassenheit eines Kindes in ein Spiel verwandelt. Ich hatte gehört, daß Dina damals in Berlin einen Mann, der leidenschaftlich eine andere Frau liebte, auf diese Weise an sich gezogen hatte und mit ihm nach Spanien gefahren war. Wenn ich einen Mann, der mir gefiel, auch nur anrief, setzte ich stets eine ernste Stimme auf und bemühte mich, einen Vorwand für meinen Anruf zu finden. Niemals war ich es, die eine Beziehung anbahnte. Aber warum sollte es mir peinlich sein, nach Dinas Mann zu suchen, werfe ich mir vor. Ich habe nicht die Absicht, mich mit ihm auf ein Abenteuer einzulassen! Es ist der Mann meiner verstorbenen Freundin, und nur deswegen bin ich auf der Suche nach ihm! Da kann ich auch ohne Hemmungen nach ihm rufen! Rufen? Ja, wie heißt er denn? »He, Dinas Mann!« Hat er mir womöglich seinen Namen gesagt, als wir in der Akademie miteinander bekannt wurden? Und war nur die mir unerklärliche Erregung daran schuld, daß ich den Namen nicht mitbekam?

Ich blicke mich um. Auf der Bank sitzen drei Penner mit Bierflaschen in der Hand und Scherben vor den Füßen. In einer Ecke ein dunkelhäutiger Ausländer in mittleren Jahren, altmodischer Haarschnitt, ungebügelter Anzug, die Hände in den Hosentaschen. Er unterhält sich mit einem jungen Mädchen. Sie sieht müde und abwesend aus, sie scheint anderswo, weit weg zu sein.

Ich kann sehen, daß der Ausländer die Lippen bewegt, aber nicht hören, was er ihr erzählt. Vielleicht erzählt er auch nichts, vielleicht kann er kein Deutsch, nennt nur Zahlen, die er gelernt hat, weil er sie zum Feilschen braucht. Es ist, als redet er nicht in einer Sprache, sondern nur mit dem Atem, mit den Augen, mit seinem Verlangen auf das junge Mädchen ein.

Berlin. Im Tiergarten lagen junge Deutsche nackt auf dem Rasen in der Sonne. Eine Gebetskette an der Hand, trotz der Hitze im Anzug aus dickem Wollstoff und mit einer Schirmmütze, ging ein kleiner, dicklicher Mann ganz langsam auf und ab und betrachtete die Frauen, die sich auf dem Rasen ausgestreckt hatten. Als ich von meinem Buch aufblickte und ihn beobachtete, wurde mir klar, daß dieser Mann, dessen Sprache ich sprach, mir fremder war als die jungen Deutschen, die ich damals noch nicht verstehen konnte. Dennoch schämte ich mich, weil er so roh und rückständig war, als wäre ich mitschuldig daran. Ich hatte ihm gegenüber meine Pflicht nicht getan, hatte ihm nicht beigebracht, wie man sich in der Fremde unter zivilisierten Menschen benahm.

Damals stürzte ich mich in Berlin in die Viertel, die in der Mehrzahl von Türken bewohnt wurden, als wollte ich mich vor dem kalten, bewölkten Himmel in die Sonne flüchten und aufwärmen. Ich kaufte mir in den Läden Gewürze und Trokkenfrüchte, wie ich sie kannte, oder ging in eine Grillstube und bestellte mir ein scharfgewürztes Kebab mit Joghurt. Kaum hatte ich mich an einen Tisch gesetzt, fühlte ich mich fremd dort. Dröhnende Arabeskenmusik, an den Wänden Bilder von Ringern, Boxern und Tänzerinnen, silberbeschlagene Säbel und Dolche, Kellner, die mich mißbilligend musterten, zwei schnauzbärtige Männer am anderen Tisch, die Rakı tranken und in ein Gespräch über Motoren und Preise von Mercedes-Modellen vertieft waren.

Und in den alternativen Cafés. Englische Schlager tönten von der Bar herüber, hölzerne Tische mit Kerzen in Flaschen, auf den Fensterbänken Töpfe mit Kakteen und Kletterpflanzen.

Die meisten im Café trugen weite T-Shirts aus lila, türkisfarbener oder schwarzer Baumwolle, handgestrickte, hautenge Pullover... Mir kam es vor, als hielte ich mich in einem Garten außerhalb der Stadt auf, weit weg von den finsteren, grauen Gebäudemassen Berlins, weg von der dunstigen, raucherfüllten Luft. Die Hast und der Ernst der Stadt hatten ein Ende, sobald man eins dieser Cafés betrat. Die Fabriken, die Maschinen, die Banken, die riesigen Einkaufszentren waren plötzlich verschwunden und wirkten von hier aus wie vermeidbare Irrtümer. Bis hierher reichte die Technik nicht, man sehnte sich nur noch nach dem einfachen Leben. Die Leute hier waren wie Kinder, die sich nach dem Aufstehen geweigert hatten, die Haare zu kämmen und den Anzug anzuziehen, den die Mutter ihnen gebügelt hatte, die einfach auf die Straße gelaufen waren, den Erwachsenen keinen Glauben mehr schenkten und froh darüber waren, in ihren Freunden Komplizen gefunden zu haben.
Ich beschleunige meine Schritte und entferne mich vom Hirschenplatz, will so schnell wie möglich in mein nach Schimmel riechendes, kleines Zimmer mit der fleckigen Auslegeware, um den Mann mit der Schirmmütze loszuwerden. Dina hätte diesen Mann so verlegen gemacht, daß er das Weite gesucht hätte. Etwa mit der Frage: Warum glotzst du mich an wie ein Ochse die Eisenbahn?

5

Während ich im dunklen Zimmer auf dem Bett liege, kommt mir der Gedanke, daß ich Dinas Mann leichter finden könnte, wenn das Zimmer zur Straße hinausginge. Ich bilde mir ein, daß alle Menschen, die in Zürich wohnen, jeden Tag wenigstens einmal durch diese Straße kommen müßten, und erst recht nachts, wenn die anderen Gassen der Stadt in Stille versinken wie eine Hose auf dem Bügelbrett, die am nächsten Morgen angezogen werden soll. Aus den Fenstern ergießen sich nachts in unserer Gasse Klänge von Jazz, Rock, spanischen Liedern, Indianermusik und Urwaldgetrommel. Sie ist erfüllt von den türkischen Volksliedern, die Zülfü eifrig in sie hinabsendet, von dem Geruch von Pizza, Curry und Kebab, und mit ihren Lichtern in allen Farben gleicht sie einem Spielplatz, auf den sich die Kinder vor dem Alleinsein und der Stille flüchten. Unsere Straße scheint von der Küste des Mittelmeeres direkt per Zug nach Zürich gekommen zu sein und ein paar Menschen von dort mitgelockt zu haben. Laßt uns doch mal einen Ausflug ans Mittelmeer machen, mögen sich die Zürcher aus anderen Straßen sagen, wenn sie nach dem Abendessen zu uns herunterkommen.

Ich stelle mir vor, daß auch Dina Abend für Abend ungeduldig darauf gewartet hatte, endlich in diese Gasse zu kommen, und daß ich auch ihren Mann hier treffen würde.

Warum nur hatte ich mir kein Zimmer gesucht, dessen Fenster zur Straße ging? Dann könnte ich nachts das Licht ausmachen, mich aus dem Fenster lehnen und die in Scharen vorbeiziehenden Gesichter betrachten. Wenn man sich ins Fenster setzt und auf die Gasse hinunterschaut, da wird man doch bestimmt Bekannte entdecken! Bekannte? »Ich muß ihn unbedingt finden.« Wenn ich Dinas Mann finde, dann wird das sein, als ob ich etwas wiederfinde, wonach ich lange gesucht habe. Aber warum werde ich hier in Zürich plötzlich von einer Erregung ergriffen, die ich mir nicht erklären kann? Geht es mir wirklich um Dinas Mann? Oder um Dina? Oder um was sonst? Hier in Zürich...

»Nach Zürich... Mit meinem falschen Paß... Ich geh' nach Zürich...«

Medikamentengeruch. An der Decke eine schwächliche Glühbirne, auf den Regalen Tablettenschlachteln... Musa bückt sich, um sich die Hose anzuziehen, die Locke fällt ihm in die Stirn. Ich beobachte ihn vom Bett aus. Seine volle Unterlippe hängt herab.

Es geht auf den Morgen zu. Bald werde ich mich anziehen und das Gebäude verlassen. Allein. Ich werde auf die andere Straßenseite gehen und in den ersten Autobus steigen. Die traurigste aller Nächte, die wir miteinander verbracht haben. Aber dennoch kommt es mir vor, als ob die Leidenschaft mich in dieser Nacht heftiger durchströmt hat als je zuvor und nun in mir bleiben wird, ganz gleich, was passiert. Wenn er in der Nacht wieder in dieses Gelächter verfallen wäre, hätte ich das nicht so tief empfunden.

»Morgen um diese Zeit bin ich entweder im Gefängnis oder in Zürich...«

Er setzt sich auf die Bettkante. Ich lege meine Hand auf seinen Arm.

»Niemand weiß, daß ich heute nacht hier bin, niemand außer dir. Ich habe schlimme Tage in den Bergen hinter mir. Meine Frau ließ mir Medikamente zukommen, in mein Versteck. Aber auch sie weiß nicht, daß ich heute nacht hier bin, und

auch nicht, daß ich morgen fliehen will. Wenn ich bis Zürich komme, schreibe ich dir. Vielleicht werde ich dort auch ...«
Während er spricht, blickt er zu den Regalen hinüber. Aspirin. Die Wand ist von oben bis unten voll mit Aspirinschachteln. Seine Stimme ist ohne jede Spur von Gefühl, sie scheint nichts mit ihm und nichts mit uns beiden zu tun zu haben. Sie ist wie ein Werkzeug, das benutzt und an seinen Platz zurückgelegt wird. Als ob es ein Zeichen von Schwäche oder Rückständigkeit sei, mit der Stimme Gefühle auszudrücken. »Kleinbürgerliche Sentimentalität.« Davon wurde damals sehr viel geredet. Dagegen bewies der Willenskraft, die Welt zu verändern, der sich nicht seinen Gefühlen hingab. »Du kommst doch nach, oder?«
Ich antworte nicht. Ich glaube nicht daran. Nach sechs Jahren heimlicher Treffen. Da ist seine Frau und die Gefängnisstrafe. Werden wir diese Hindernisse überwinden können und eines Morgens am gleichen Tisch zusammen frühstücken? Zürich: ich stellte mir diese Stadt, die ich nie gesehen habe, wie ein großes Fenster vor, durch das man auf einen See blicken konnte.

Wenn das Zimmer doch nur ein Fenster zur Gasse hätte, geht es mir wieder durch den Kopf, während ich im Dunkeln daliege. An den Tamtamklängen, die in immer schnellerem Rhythmus vom Nachtklub herauftönen, erkenne ich, daß es bald Mitternacht ist. Abend für Abend erschüttert das Getrommel um diese Zeit das ganze Haus. Es beginnt leise und wird dann immer heftiger. Vielleicht tanzen die Afrikanerinnen im Klub dazu. Das Getrommel bringt alles um mich herum ins Beben, mir ist, als würden die Wände einstürzen, als fiele ich ins Leere, in die Finsternis. Ich schließe die Augen.

Ein Schwan gleitet über den Teich drüben. Ich verfolge die Spur, die er auf das Wasser zeichnet.

»Wenn das Kind nicht wäre...«, sagt Musa. Sein schneeweißes, sorgsam gebügeltes Hemd mit dem Stehkragen läßt mich wieder daran denken, daß er verheiratet ist, und zwar mit einer Frau, die Wert auf Ordnung legt. Wenn das Kind nicht wäre...
»Dann würde ich mich scheiden lassen«, sagt Musa. »Aber auch dann würde ich dich nicht... Wir würden nicht heiraten. Die Ehe macht alles kaputt. Nur in einer unabhängigen Beziehung...« Der schelmische, trotzige Ausdruck seiner schwarzen Schlitzaugen.

Zwei Jahre zuvor war Musa aus Berlin zurückgekehrt. Nach den Unruhen von '68, als die Berliner Studenten Barrikaden errichtet hatten, Autos in Brand steckten und Steine in die Schaufenster warfen, habe er begriffen, daß sein Platz in der Türkei sei. Es galt, die Erregung, von der er in Berlin ergriffen wurde, in die Türkei zu tragen. In Ankara etwas in Szene zu setzen, statt in Berlin nur Zuschauer zu sein. Musa gab eine Zeitschrift heraus.
»Ich hab' Nur geheiratet, weil ich Sehnsucht danach hatte, mit einer Türkin zusammenzusein, sie war aufgeklärt, sie besaß den nötigen Ernst.«

Ich steige aus dem Bus und blicke zur Apotheke hinüber. Ihre glatten, dunkelblonden Haare reichen ihr bis zu den Ohren. Sie steht im Apothekerkittel hinter dem Ladentisch. Ich freue mich, daß ich größer bin als sie, und finde es beunruhigend, daß sie weißere Haut und einen größeren Busen hat. Ich sehe ihre fest zusammengepreßten Lippen und denke, daß sie fleißig ist, daß sie ihre Arbeit und ihre Zeit ernst nimmt und genau

weiß, was wann zu tun ist. Nicht so sprunghaft wie ich. Vielleicht wendet sie das Kausalverhältnis zwischen Krankheit und Medikamenten auch auf ihr restliches Leben an.
»Einmal Aspirin bitte.« Ich bilde mir ein, sie durchschaut mich, wenn ich ihr in die Augen sehe. Daß die Kundin, die hereingekommen ist, die Nacht in ihrem Bett verbracht hat. Daß sie die Spuren im Federkissen wiedererkennt, wenn sie mir ins Gesicht schaut, daß sie beim Klang meiner Stimme hört, wie ich ihren Mann mit seinem Namen rufe. Ihre vollen Schultern lassen mich an den prächtigen schwarzen Ledersessel denken, der in ihrer Wohnung steht.
Ich dagegen wohne damals noch in einem kleinen Zimmer in der Hochschule, in der ich unterrichte. Es ist wie ein Krankenhauszimmer, ein Bett, ein graulackierter, eiserner Kleiderschrank, ein Fenster zur Autostraße, die in die anatolische Steppe führt. Auf der anderen Straßenseite schießen immer mehr Häuserskelette in die Höhe, dünne Betonwände, übereinandergestapelte Zimmer, Wendeltreppen. Auf dem gegenüberliegenden Grundstück entstehen reihenweise Mietskasernen. Gelegentlich weckt mich gegen Morgen die ergreifende Stimme eines jungen Bauarbeiters... Ich stelle mir vor, daß er eine Schirmmütze, einen Schnauzbart und Löcher in den Schuhsohlen hat, daß er es nicht gelernt hat, Briefe zu schreiben, daß er Frau und drei Kinder im Dorfhaus seiner Eltern, das aus zwei Zimmern besteht, zurückgelassen hat. An all das muß ich denken in der Dämmerung dieses Morgens, so tief geht die Stimme unter die Haut. Ich bilde mir ein, sie kann sich nur zu dieser Stunde Gehör verschaffen, wenn die Leute in den Mietshäusern noch schlafen und die Busse und Autos auf ihrem Weg in die Provinzen mit ihrem Getöse noch nicht den Asphalt erschüttern. In der Morgendämmerung, wenn in den Dörfern die Hühner, die Spatzen, die Kinder und Frauen gerade erwa-

chen. Der Gesang ist wie ein langer Brief, und ich muß an unser Viertel denken. An unseren Nachbarn Sabri Efendi, der nach dreißig Jahren im Steinbruch zum Krüppel wurde und auf der Straße Zitronen verkaufte, an sein großes, gerötetes Gesicht, an seinen riesigen, ausgemergelten Körper, an das leere Stück im Ärmel seines Hemds. Ich muß daran denken, wie die Frauen vor den Türen standen und sich mit den Zipfeln ihrer Kopftücher die Tränen abwischten, während er im Krankenhaus lag. Als ich ihn auf dem Weg zur Schule dann mit einem Taschentuch voller Zitronen auf dem Bürgersteig sitzen sah, empfand ich Scham. Es kam mir wie ein Irrtum vor, daß dieser stolze Mann auf dem Pflaster hocken mußte. Da war etwas falsch! Dieser Eindruck, daß da etwas falsch war, verstärkte sich immer mehr, je größer ich wurde, und fiel schließlich mit einem Wort zusammen: mit Ungerechtigkeit. Wenn Musa vom Marxismus sprach, benutzte er Ausdrücke wie »Mehrwert« und »Gebrauchswert«, und da konnte ich schlecht von dem alten Steinbrucharbeiter anfangen, der auf dem Bürgersteig Zitronen verkaufte, oder davon, wie sehr mich das beschämt hatte. Musa brauchte nicht zu erfahren, daß ich unter unwissenden, armen Leuten aufgewachsen war. Damit er nicht dahinterkam, gab ich mir große Mühe, den Eindruck einer selbständigen Frau zu machen. Ich wollte nicht eine Frau sein, die auf ihre Ehre bedacht ist und sich deshalb weigert, mit einem verheirateten Mann zu schlafen. Armut und Ehre schienen mir nahe beieinanderzuliegen.

Als dann seine Frau Nachtdienst hatte und er mich mit in seine Wohnung nahm, tat ich so, als fühlte ich mich ganz frei, ließ mich in den schwarzen Ledersessel fallen, noch bevor er mir einen Platz anbot, und als er mich fragte, ob ich Cognac oder Whisky wolle, verlangte ich Whisky. Auf keinen Fall sollte er merken, daß ich für einen Moment nicht wußte, ob ich die Ellbogen auf die Sessellehnen legen sollte oder nicht. Und ich weigerte mich hartnäckig, das Piano weiter hinten im Wohnzimmer zu beachten. Wie selbstbewußt mußte eine Frau sein, die Klavier spielt!

»Nur ist aus London zurück.«

Er war aus Berlin, sie aus London zurückgekommen.

Während man dort auf den Teach-ins an den Unis über die »Dritte Welt« redete, hatten sie beschlossen, in das Paradies ihrer Kindheit zurückzukehren. Mit all der Sehnsucht, die sie verspürt hatten nach dem Bosporus, nach klassischer türkischer Musik, nach ihren Müttern und danach, wie sie »tscherkessisches Huhn« zubereiten konnten. Aber noch während der Vorbereitungen zur Rückkehr hatten sie sich vorgenommen, sich nicht auf die Seite der Oberschicht, nicht auf die Seite ihrer Mütter und Geschwister, sondern auf die des Volkes zu schlagen. Die meisten, die damals aus dem Ausland zurückkamen, sprachen von »ihrem Volk«. »Mein Volk mit seinen feinen Handarbeiten, seinen Kelims, seinen Liedern und Tänzen, seiner Gastfreundschaft, seiner Geduld und seiner Opferbereitschaft.«

Irgendwie mochte ich dies Wort so nicht benutzen, der Ausdruck »mein Volk« kam mir vor wie etwas Unwirkliches.

Ich stellte das Whiskyglas auf dem kleinen Tisch ab, stand auf und ging zu dem Sessel hinüber, in dem er saß. Er sollte sehen, wie ungezwungen ich mich verhalten konnte. Ich war nicht verklemmt und genierte mich nicht vor ihm, nur weil er verheiratet war, ich wollte wie die Frauen sein, mit denen er in Berlin geschlafen hatte. »Es gab eine Zeit, da konnte ich gar nicht sagen, mit wie vielen Frauen ich schlief. Mit wie vielen Mädchen, die in unsere Wohngemeinschaft kamen...« Er saß im Sessel. Ich stellte mich direkt vor ihn hin und zog mir den Pullover aus, dann, lächelnd und ganz langsam mit den Fingerspitzen, die Strümpfe, und dabei fiel mir eine Szene aus einem Film ein.

»Mit wie vielen Männern hast du geschlafen, seit du dich von deinem Mann getrennt hast?« fragte Musa im Bett, und blies den Rauch gegen die Zimmerdecke; einen Arm hatte er unter den Kopf geschoben. Das Bett war geräumig und warm, die Decke aus gelbem Jersey.
»Meine Frau gibt es mir nicht«, sagte er, »schon seit drei Monaten…«
Geben… Der Ausdruck verwirrte mich für einen Moment. Ich streckte die Hand aus und suchte nach der Schachtel auf dem Nachttisch:
»Eine Zigarette?«
Plötzlich lag ich im Licht der Nachttischlampe da. Schnell zog ich mir die Decke ein wenig über den Körper. Ich schämte mich nackt zu sein und gleichzeitig, mich dessen zu schämen. Er mußte das lächerlich finden. Deshalb ließ ich den Zipfel der Decke schnell wieder los. Die Frauen, mit denen er in Berlin zusammen war, hatten bestimmt viel schönere Brüste als ich.
»Ich bin müde.« Er drehte das Gesicht zum Fenster.

Ich aber knipste das Licht aus und wollte, daß wir miteinander sprechen. »Und was machen wir jetzt«, hätte ich ihn gern gefragt. Was machen wir jetzt, da wir verliebt ineinander sind? Aber sobald ich das fragte, wäre ich schon durch die Prüfung gefallen und wäre nichts weiter als eine Frau, die sich von ihrem Mann getrennt hatte und nun einen neuen sucht. Eine ganz gewöhnliche Provinzlerin.
Nein. Was machen wir jetzt? Das durfte ich ihn nicht fragen! Was aber dann? Ich lag auf dem Bett, nahm tiefe Züge aus meiner Zigarette und fragte ihn: »Welche Klasse soll die Vorreiterrolle bei der nationalen demokratischen Revolution übernehmen?«
»Lies die letzte Ausgabe der Zeitschrift.«

Musas Stimme erstickte im Federkissen. Schweigen. Das Gartentor... Für einen Moment bildete ich mir ein, jemand öffnete das Gartentor, ich hörte das Knarren rostigen Eisens. Gleich würde es plötzlich hell im Zimmer werden und eine Frau würde schreien: »Wer ist die Hure?«
Wieviel Angst ich doch vor diesem Wort hatte!
Wahrscheinlich hätte ich zu meiner Verteidigung geantwortet: »Ich bin Lehrerin.«

Gerade schrieb ich mit der Kreide einen Satz an die Tafel, als die Tür aufging. Musa.
»Frau Lehrerin, ich würde gern in einer bestimmten Angelegenheit mit Ihnen sprechen.«
Er brachte mich völlig aus der Fassung und zeigte dabei selbst keine Spur von Unsicherheit. Er wartete an der Tür, stand da wie auf einer Terrasse am Meer.
Ich drehte das Gesicht zur Tafel, die Studenten sollten nicht merken, wie hingerissen ich von ihm war.
Wir gingen den Korridor entlang. »Seit Tagen suche ich dich«, sagte er, »ich bin sogar bei deinem Chef gewesen, hab' gesagt, ich bin ein Verwandter. Spiel doch nicht plötzlich das anständige Mädchen!« Er drückte sich aus wie die Leute im Dorf. Laß dieses bäuerliche Verhalten, wollte er damit sagen.
In braunem Anzug, einen Aktenordner vor der Brust, die grauen Haare zurückgekämmt, kam uns der Chef in der traurigen Gelassenheit eines Mannes entgegen, der seit vierzig Jahren mit seiner Frau im gleichen Bett schläft. Lachte ich jetzt über Musas Worte, so durchschaute der Chef, daß Musa ihn belogen hatte, machte ich ein ernstes Gesicht, merkte er, daß ich etwas zu verheimlichen hatte.
»Vielen Dank«, sagte Musa. »ich habe meine Cousine gefunden.« Seine heitere, entschlossene Stimme übertünchte meine

Unsicherheit. Wie gern würde ich mit ihm durch den Garten auf die Straße, mit ihm ins Kino, Hand in Hand spazierengehen. »Komm heute abend nach neun in die Apotheke«, sagte er.
Ich stand im Garten neben dem Springbrunnen und sah zu, wie er mit dem blauen Auto davonfuhr. Als er den Wagen zurücksetzte, sah er zu mir herüber. Die Art, wie ihm die Locke leicht in die Stirn fiel, machte ihn zum Sohn eines reichen Arztes, der eine Schule im Armenviertel besuchte.

»Die Buttermilch von Bolu ist berühmt«, sagte er, während er mir das große, schaumgekrönte Glas reichte. Wir tranken sie im Stehen vor dem Schaufenster des Restaurants. Das Lokal war voll von Busreisenden, die Rast machten. Wir standen mit den Rücken zu ihnen, vor uns ein tiefes Tal und die Berge von Bolu. Die Strahlen der Sonne ergossen sich ins Tal wie kristallklares Wasser aus einem kupfernen Eimer.
Ich wartete darauf, daß er den Arm um mich legte. Wenn er mir jetzt, da wir vor dem sonnenbeschienenen Schaufenster standen und den salzigen Geschmack der schäumenden, kalten Buttermilch auf der Zunge spürten, den Arm um mich legte, vergäße ich bestimmt, daß er mit einer Apothekerin verheiratet ist!

»Wenn wir nur dahin könnten«, sagte ich und zeigte auf den See am Ausgang des Tals.
Von den Busreisenden weggehen und dort sich begegnen. Mir schien, als könnten wir nicht zueinanderfinden, weder in dem breiten Bett mit der Jerseydecke, während seine Frau Nachtdienst hatte, noch auf dem engen, quietschenden Bettgestell in dem nach Arznei riechenden Hinterraum der Apotheke in den Nächten, in denen er den Notdienst für seine Frau machte;

selbst in den Momenten nicht, in denen er in mir war. Er hatte viele Frauen kennengelernt, mit vielen problemlos geschlafen, und glaubte womöglich, sie unterschieden sich gar nicht voneinander.

Ihn aus der Fassung bringen! Womit könnte ich ihn aus der Fassung bringen? Ließe ich mich mit ihm auf eine politische Diskussion ein, so gäbe er mir zu verstehen, daß er über solche Fragen schon oft genug mit anderen gesprochen hatte und ich erst einmal das »Kapital« lesen müßte, um mitreden zu können. Das »Kapital«, das er in Berlin auf deutsch gelesen hatte. Bibliotheken, die ich mir groß und strahlend hell wie Schlösser vorstellte, das Zusammenleben von Frauen und Männern in Wohngemeinschaften, rebellische, blonde, nackte Mädchen. »Komm, sagte Erika, ich will mit dir schlafen.« Musa erzählte, wie die Mädchen in Berlin mit den Männern einfach ins Bett gingen, wenn sie Lust darauf hatten. »Sie kam im Café zu mir und sagte, komm mein Lieber, ich will mit dir schlafen. Und hatte fünf Orgasmen hintereinander.«
Orgasmen... Ich dagegen steigerte und steigerte mich und kam doch nicht zum Höhepunkt. Dabei bildete ich mir ein, daß eine Frau nur dann das Banner der »freien Frau« aufziehen konnte, wenn sie diesen Höhepunkt erreichte.
Einmal, als ich mit Sema, die viel rauchte und eine eintönige, strenge Stimme hatte, zur Haltestelle ging, sagte sie: »Sex, das ist für mich so natürlich wie Essen und Trinken.« So natürlich... Etwas, für das man keine Gefühle brauchte, etwas so Konkretes, wie sich zum Essen hinzusetzen? Dabei konnte ich vielleicht gerade deshalb keinen Orgasmus bekommen, weil ich in Musa verliebt war. Weil der Tisch für ihn gedeckt war und ich befürchtete, daß ihm die Speisen, die ich ihm bot, nicht schmecken könnten... Die Mädchen, die Musa in Berlin ken-

nengelernt hatte, schienen den Höhepunkt so mühelos erreicht zu haben, wie man ein Sandwich aß...
Ihn aus der Fassung bringen! Vielleicht sagte ich deshalb in einem unverhofften Augenblick, daß wir uns trennen müßten. Ich machte es ihm schwer, mich zu finden. Ich beantwortete die Briefe nicht, die er mir schrieb. Aber dann stand eines Nachmittags auf dem Weg zur Schule sein blaues Auto plötzlich neben mir: »Steig ein«, sagte er und hielt die Tür auf. Und ich bildete mir ein, wir würden zusammen wegfahren, in die Ferne, an einen ungewöhnlichen Ort. Während er den Wagen lenkte, betrachtete ich sein Profil, seinen Hals, seinen hochmütigen Adamsapfel, seinen mageren, entspannten Körper, seine wohlgeformte, schöne Hand mit den schlanken Fingern. Und kam mir altmodisch vor, weil ich ihn so sehr liebte.

»Ich liebe dich.«
»Das ist doch 'n alter Hut«, sagte er und fing an zu lachen. Sobald aber er mir dasselbe sagte, blickte ich ihn zärtlich an.
»Ich möchte andere Männer kennenlernen, unverheiratete Männer«, sagte ich, nackt vor ihm stehend, eine Zigarette in der Hand.
»Du hast etwas von einer Nutte an dir«, sagte er, während er die Flasche vom Apothekentisch nahm und Cognac in die Wassergläser schenkte. Den nackten Popo trug er ungezwungen wie ein Kind.

Während sich der salzige, kalte Schaum der Buttermilch in meinem Mund verteilte, bildete ich mir ein, wir würden zueinanderfinden, wenn wir nur zu dem See am Ausgang des Tals fahren könnten. Vielleicht würde ich ihn dort aus der Fassung bringen, ihn von etwas überzeugen, das außerhalb von Sex, außerhalb der Politik existierte. Was er in Berlin niemals erlebt hatte. Etwas, das über flüchtige sinnliche Empfindungen hinausging. Ich wußte nicht, was das sein könnte. Ich wußte einfach nicht, wie ich ihn aus der Fassung bringen, wie ich mich von den Mädchen in Berlin, von seiner Frau, von den Huren unterscheiden sollte. Vielleicht trüge ich ihm ein Gedicht vor?

Der Geruch von Tabak und Schimmel... Zwischen grauen Wänden um uns herum Männer mit Schirmmützen, Frauen mit Kopftüchern, junge politische Gefangene, die sich Mühe gaben, stolz auszusehen, zwischen zwei Jandarmas ein großer, kräftiger Gefangener mit geschorenen Haaren, in Handschellen... Vielleicht hatten wir da zum ersten Mal wirklich zueinandergefunden, in dem Augenblick, als er auf dem Weg zum Gerichtssaal kurz stehenblieb und mir mit einer besorgten Miene, die allen Scherz vertrieb, ins Gesicht sah, in eben diesem Moment, als wir noch nicht wußten, ob wir zusammen nach Ankara zurückfahren würden.

Für den Fall, daß er nach der Verhandlung nicht freigelassen würde, sollte ich allein zum »Hotel Europa« zurückgehen. Ich, mit der er die Nacht vor einer möglicherweise fünfzehnjährigen Haftstrafe verbracht, mit der er gefrühstückt und nach der er sich noch einmal umgedreht hatte, bevor er in den Gerichtssaal ging. Das war die Überraschung.

»Wenn du nach Ankara kommst, erzählst du aber meiner Frau nichts, abgemacht?«

In diesem Augenblick mußte ich ihm alles verzeihen. Auch, daß wir in drei Hotels abgewiesen worden waren, weil das Foto der Frau auf seinem Heiratsausweis nicht mein Gesicht zeigte.

Das Hotel, in dem wir übernachtet hatten, hieß »Europa«. Das Namensschild wurde nachts von roten und grünen Glühbirnen beleuchtet. Es befand sich in einer engen, holperigen Gasse. Kleine, schmächtige Männer, wohl Arbeiter oder Handwerker, kamen mit gesenktem Blick und eiligen Schrittes daher, Provinzstädter, die vorbeischlichen und sich in stumpfsinniger Neugier umsahen nach etwas, das sie interessieren könnte.

»In Ordnung, älterer Bruder. Zimmer 6 im zweiten Stock.« Der junge Mann an der Rezeption nickte, als wollte er andeuten, daß man in einem solchen Hotel an derlei Dinge gewöhnt sei; er lächelte Musa anbiederisch zu und blickte hochmütig zu mir herüber.

Die hölzernen Stufen quietschten, und im ganzen Hotel roch es wie im Dampfbad, nach Dreck und Seife zugleich. Durch das Fenster in unserem Zimmer sah man auf die Wand des Nachbargebäudes. Ich hatte mich über das Halbdunkel gefreut. Am Morgen beim Aufwachen nicht gleich von Sonnenstrahlen überrascht werden! Im Hotel hatte mich ein Gefühl der Niederlage überkommen, wie es ein Mädchen aus der Unterschicht fühlen mochte, das auf die schiefe Bahn geraten ist. Aus dem Zimmer nebenan drang das Gelächter einer Frau, vermischt mit Geschrei, auf dem Korridor eine Spur von Parfüm, das an Arzneigeruch erinnerte. Ich kam mir vor wie zwischen zwei Extremen: Ich wollte eine selbständige Frau sein und wurde doch als Hure angesehen. Die freien Frauen gingen nach Europa – das »Hotel Europa« dagegen stand den käuflichen zur Verfügung.

Im Bett widmete Musa seine ganze Aufmerksamkeit seinem Geschlechtsorgan. Schließlich blickte er auf die Uhr und sagte: »Zwei Stunden! So lange hab' ich's noch nie mit einer Frau gemacht.« Er legte sich auf den Rücken und richtete den Blick auf die roten Plastikrosen in der gläsernen Vase auf dem Nachtschrank.

»Meine Frau würde hier keinen Fuß reinsetzen. Wir haben immer im ›Sheraton‹ übernachtet, wenn wir in Istanbul waren. Du bist unproblematisch, das schmeichelt den Männern.«

Dabei spürte ich, daß ich eben deshalb in einem Wettbewerb unterliegen würde.
Ich konnte ihn nicht fragen: »Warum trennst du dich nicht von deiner Frau?«
Solche Fragen stellten nur die Mädchen aus Anatolien.

Gerade wollte ich versuchen, über die Pfütze zu hüpfen, da griff Musa nach meiner Hand, und wir sprangen zusammen auf den Bürgersteig. Ich bildete mir ein, er hatte das getan, weil er freigesprochen worden war. Weil er freigesprochen worden war, hielt er mir die Hand wie ein Junggeselle, lief mit mir zur Bushaltestelle. Ich wollte stehenbleiben in meinem gelbgeblümten, rosa Sommerkleid aus Popelin und ihn im plötzlichen Regenschauer ganz fest umarmen. Aber ich spürte, daß ihm derartige Überschwenglichkeiten nicht gefallen würden. Kühlen Kopf behalten, Stimme und Körper beherrschen. Als er nach einer Aufführung des »Guten Menschen von Szechuan« erklärte, die Schauspielerin habe ihm nicht gefallen, wurde mir das klar. »Sie eignet sich nicht für Brecht. Sie spielt zu emotional, hält keinen Abstand.«
Selbst wenn wir miteinander schliefen, umfaßten wir uns nicht mit den Armen. Abstand. Er schlief sozusagen nicht mit mir, sondern mit seinem Geschlechtsorgan. Ich war gewissermaßen mit zweien zusammen, mit ihm und mit seinem Glied. Aber ich wollte ihn! Ihn, der nach dem Freispruch im Regenschauer Hand in Hand mit mir zur Bushaltestelle lief.

»Ihr heimlichen Verliebten!«
Selim verzog sein fleischiges Gesicht und zwinkerte lachend durch seine dicke Brille.
»Auf die heimlichen Verliebten!«
Er hob sein Rakıglas, und wir, Musa, ich und Gürsoy, der die letzte Klasse des Französischen Gymnasiums besuchte und einen so wohlerzogenen Eindruck machte, prosteten ihm zu.
»Aber gewiß erinnere ich mich an dich«, sagte Selim, »du hast uns doch damals deine Gedichte vorgetragen. Dina fand, daß du aussiehst wie Natascha. Aber jetzt sind deine Haare kurz und du siehst nicht mehr wie Natascha aus, eher wie eine Revolutionärin.«
»Wenn Selim mich nicht verteidigt hätte, wäre ich nicht freigesprochen worden«, sagte Musa. »Er hat schon für viele Genossen die Verteidigung übernommen.«
»Bravo, Yorgo«, brüllte Selim und prostete einem Mann zu, der hinten auf der kleinen Bühne Sirtaki spielte.
Ein großer Teller mit dampfenden Leberstückchen kam auf den Tisch.
»Was hier damals immer für Stimmung war«, sagte Selim, »die Griechen tanzten. Und dann die koketten jungen Griechinnen mit den großen Busen!«
Selim spreizte die Finger auseinander und versuchte, ein paar runde, tänzelnde Hüften in die Luft zu zeichnen.
»Was haben wir hier doch für verrückte Nächte verbracht!«
Ich wollte Selim nach seiner Schwester fragen, nach Dina. Und wo ich sie finden könnte. Gerade als ich ihn fragen wollte, sagte Musa:
»Kazo, kannst du dich noch an Kazo erinnern...«
Musa konnte nicht weiterreden und brach in Lachen aus.
»Kazo, Kazo, der verrückte Kazo«, prustete Selim los, »der hat doch mal seinen Schwanz rausgeholt, nicht? Der Junge war

aber in Ekstase geraten! Ist aufgestanden, hat sich die Hose aufgeknöpft und rums wums mit seinem Ding auf den Tisch geklopft. Kazo, der Verrückte! Mach das mal in einem türkischen Lokal, wenn es dich überkommt, da packen sie dich am Kragen und setzen dich vor die Tür!«

Als sich das Gelächter gelegte hatte, sagte Selim:

»Ich fahre demnächst für zwei Wochen nach Paris. Setz mich ins Odéon, ins Café... Schon fünf Jahre bin ich nicht da gewesen.«

»Deine Verteidigung war wirklich glänzend«, sagte Musa.

»Zu unserem Glück war der Richter kein reaktionärer Kopf, sondern ein anständiger Kemalist, wie sie allmählich aussterben. Hast du deiner Frau die gute Nachricht mitgeteilt?«

»Ja, hab' ich.«

»Weiß sie, daß du mit deiner Mätresse...«

»Meiner Geliebten«, korrigierte Musa und blinzelte mir lächelnd zu. »Sie ist eine intelligente Frau.«

»Wenn die intelligenten Frauen doch bloß ein wenig fröhlich sein könnten«, sagte Selim. »Sie nehmen das Leben zu ernst. Meine geschiedene Frau... Sie ist aus Ankara. Ach, diese Mädchen aus Ankara...«

Selim wandte den Kopf wieder der Bühne zu: »Nun spiel schon, Yorgo! Spiel was zum Tanzen.«

Yorgo hob zu einer Bauchtanzweise an.

»Und die Tänzerin? Wo bleibt die Tänzerin? Wir wollen eine Tänzerin!« brüllte Selim lachend zum Kellner hinüber. Er griff wieder nach seinem Rakıglas:

»Ich mag lebenslustige Frauen. Levantinerinnen aus Istanbul, denen das bunte Kleid am Körper klebt, wenn sie mit nackten Waden herumhüpfen.«

Musa beugte sich an mein Ohr: »Liebling, tanz einmal für mich. Auf einem Tablett. Ich will eine Frau, die auch einmal für mich auf einem Tablett tanzt! Tust du das für mich?«

Sage ich nein, so werde ich für zu ernst und tugendhaft gehalten, sage ich ja...

Wer konnte zu so später Stunde bei uns klingeln? Er stand vor der Tür, die Hände in den Taschen seines weißen Trenchcoats, einen Gürtel um die Taille... Mir fiel auf, daß er Ähnlichkeit mit Jean-Paul Belmondo hatte.
Ich trug das weite Flanellnachthemd, das meine Mutter mir genäht hatte. Für einen Moment wußte ich nicht, was ich machen sollte. Wenn nun Mutter die Klingel gehört hatte? Aus ihrem Zimmer kam und sich vor mir aufpflanzte? »Wer ist das?«
Wahrscheinlich würde ich mich viel mehr vor Musa als vor meiner Mutter schämen. Daß sich in meinem Alter meine Mutter immer noch vor mir aufpflanzt! Ich ließ Musa herein. Es ging auf zwei Uhr. Um halb acht mußte ich aus dem Haus, in die Schule. Ich führte Musa in mein Zimmer, als wäre ich allein in der Wohnung und an solche Besuche gewöhnt. Ich ließ mir nicht anmerken, daß ich eine Frau war, die sich vor ihrer Mutter und den Nachbarn in acht nahm. Solche Frauen war er nicht gewöhnt. Die Reichen in dem Viertel drüben auf dem Hügel, in dem er wohnte, taten so, als hätten sie nicht die Zeit, sich auch noch um die Ehre der Frauen zu kümmern.
Ich knipste das Licht auf dem Flur nicht an, nahm ihn zart bei der Hand und öffnete die Tür zu meinem Zimmer.
»Wir sind noch nicht ganz eingezogen«, sagte ich.
Er knöpfte sich den Trenchcoat auf und setzte sich auf mein Bett. Vielleicht würde es in dieser Nacht geschehen, in der ich auf dem Kopfende des Bettes die Füße unter mein weites Flanellnachthemd steckte und die Hände auf dem Schoß faltete. Ich schlug die Zeitschrift auf, legte sie vor ihn hin und fragte: »Hast du meine Erzählung gelesen?«

Er blickte mich an, als versuchte er zum ersten Mal, mich zu erkennen. Meine Mutter und meine Tochter schliefen nebenan, und er begriff, daß ich sie durchbringen, daß ich Geschichten schreiben und eine unabhängige Frau sein wollte, obwohl wir Gesprächen darüber auswichen. Ausweichen davor, über mein Leben zu sprechen. Ausweichen vor Gefühlen. Ein Leben mit kleinbürgerlichem Zuschnitt. In dieser Zeit wurden Streiks immer häufiger, die Bauern machten sich an Landbesetzungen, die Studenten debattierten auf ihren Teach-ins, die Arbeiterpartei und die Studentenvereine gerieten in Streit, die Anhänger der Sowjetunion und die Chinas beschuldigten sich gegenseitig des Verrats, andere nahmen sich die lateinamerikanischen Guerilleros zum Vorbild und glaubten, der Augenblick der Revolution sei gekommen, einheimische Tupamaros übten sich für die Generalprobe dazu, und nationaldemokratische Revolutionäre riefen die kemalistischen Offiziere, die fortschrittlichen, demokratisch gesinnten Beamten und die Arbeiter dazu auf, Realisten zu sein und sich zusammenzutun. Wer wird die Vorreiterrolle spielen, die Arbeiterklasse oder das Kleinbürgertum? Solche Fragen machten das dunstige, raucherfüllte Ankara zu einer großen Flugblattfabrik. Man druckte und verteilte Handzettel, man schrieb mit schwarzer und roter Farbe Parolen an die Wände. »Zuerst mußt du dir klarmachen, was du sagen willst, und dann deine Geschichte schreiben«, sagte Musa laut, als hätte er gerade beschlossen, mich zu bestärken.

»Sprich leise«, sagte ich, »meine Mutter ...«

So saßen wir auf dem Bett, zum ersten Mal wie zwei Freunde, wie zwei im selben Internat. Auf meiner rotgeblümten Baumwolldecke. Ich begriff nicht, warum er mich in dieser Nacht aufgesucht hatte.

Ich brachte ihn bis zur Tür, und wir drückten uns nur die Hand. Als er, eine Hand in der Tasche, die Treppe hinunterging, winkte er mir mit der anderen zu, und im letzten Augenblick entdeckte ich die Trauer in seinem Lächeln.
Ich ging wieder in mein Zimmer, knipste das Licht aus und öffnete das Fenster. Das Auto glitt den Asphalt hinunter und verschwand. Ankara war nachts wie eine tiefe Grube, umstanden von Lichtern, die in sie hineinleuchteten. Es roch verqualmt. Der unaufhörliche Geruch von Rauch konnte einem den Appetit verderben. Gerade hatte man beschlossen, in die Konditorei oder in den Park zu gehen, da brachte der Geruch einen davon ab. Der Rauch ließ die Farben der Stadt verblassen, die Farben der Gänseblümchen, die der Wiesen und die der Gesichter, die Farben der Gefühle...
Aber als ich damals gegen Morgen auf die Lichter Ankaras blickte, fühlte ich mich durch die Veröffentlichung meiner ersten Erzählung so beflügelt, daß es mir vorkam, als würde ich über der Stadt dahinfliegen.

Statt an den Tisch, den man für sie aufgestellt hatte, setzten sich die Gesprächsteilnehmer auf den Rand des Podiums.

Sie trugen ungebügelte Hosen, saßen vornübergebeugt da und stützten sich mit den Händen auf dem Podium auf... Die meisten im Saal waren Studenten. Lauter Männer mit kräftigen Schnurrbärten, eine Mischung aus Bauern und russischen Bolschewiken, sie trugen schwarze Stiefel und grüne Parkas vom Flohmarkt; den Mädchen, ebenfalls in Parkas oder ähnlichen Anoraks, deren Gesichter bleich waren von zu vielen Zigaretten und der raucherfüllten Luft Ankaras, bedeutete Unbeugsamkeit mehr als Schönheit. Ihre Gesichter strahlten vor ernster Begeisterung. Damals war es den Studenten aus Anatolien,

zumeist Kindern von Beamten mit geringem Einkommen oder opferbereiten Arbeitern, gelungen, die Organisationen der Studenten aus reichen Elternhäusern im Handumdrehen beiseite zu drängen und eigene revolutionäre Vereine zu gründen. Die Wände der Mensen und Schlafsäle waren bald mit Parolen und Bildern ihrer Vorbilder bedeckt. Die Politisierung war bis unter die Bettdecken, bis in die Speisen vorgedrungen. Überall war sie zu spüren, in den Stimmen und Worten, den Blicken und Mienen, bei den Demonstrationszügen, beim Händeschütteln, in den Briefen, die man sich schrieb, in den Liebesbeziehungen, überall war sie vorhanden, beseelte und beherrschte alles.
Ich saß unter den Zuhörern vorn in der Ecke, in Minirock und rotem Montgomery. Mein Alter: sechsundzwanzig.
»Die türkischen Intellektuellen müssen endlich von der Nachahmerei loskommen und zu sich selbst finden.«
Unter den sechs Rednern ist es Musa, der das sagt. »Die Wurzeln der türkischen Intellektuellen stecken in der Volkskultur.«
Für einen Moment stellte ich ihn mir als Anatolier vor, mit Schirmmütze und Gebetskette – in seiner Wohnung, in der statt der Ledersessel ein mit Kelims bedeckter Diwan steht, in der aus dem Plattenspieler statt Mozart, den er so gern hörte, Volkstänze vom Schwarzen Meer ertönten. Wie er mir nur Tee anbietet und nicht fragt, ob ich Cognac oder Whisky will. An den Wänden des Wohnzimmers stehen nicht dicht an dicht deutsche und englische Bücher, sondern Märchen und Mythen, ja sogar der große Nußbaumtisch ist einem runden, kupfernen Tablett gewichen, um das man sich zum Essen auf den Boden hockt. Über mich, die er heimlich als Zweitfrau ins Haus gebracht hat, als Mätresse, wie es im Volk heißt, fällt er nur im Dunkeln her. Wenn er so wäre, ich würde ihn gar nicht wahrnehmen! Wenn ich ihm in einer finsteren Gasse begegnete, hätte ich Angst, daß er mich in eine Ecke drängte. Dabei

bewunderte ich ihn, so wie er war, und diese Bewunderung erzeugte Hemmungen in mir. Ich akzeptierte unsere Beziehung ohne Trauschein, um nicht wie ein Mädchen aus dem Volk zu wirken. Ja, auch ich glaubte, daß die Intellektuellen das Volk aufklären mußten. Aber ich mochte nicht sein wie das einfache Volk, wollte heraus aus ihm. Ich wollte Miniröcke tragen und mir die Lippen bemalen, wollte allein bei den Schwänen im Park, im Café sitzen und Virginia Woolfes »Leuchtturm« lesen, mich in der Konditorei mit meinem Geliebten treffen, wollte einen Orgasmus haben.

»Die türkischen Intellektuellen müssen endlich loskommen von der Nachahmerei des Westens, kulturell mit ihrem Volk verschmelzen und ihren Platz im revolutionären Kampf einnehmen...«

Sechs Männer, die auf dem Rand des Podiums saßen. Cem, der in Rom eine Filmhochschule besucht hatte, beugte sich vor und sagte:

»Es wäre Fanatismus, die bürgerliche Kultur einfach abzulehnen, anstatt die demokratischen Elemente der Weltkultur zu verleugnen, müssen wir sie besser verarbeiten.«

»Man versteht nichts, sprich lauter, Genosse«, rief von hinten einer in bäuerlichem Dialekt, der sich über Cem zu ärgern schien, weil er ein vornehmer Städter, ein Bürgersohn war, der im Ausland studiert hatte.

»In der Türkei wurde unter Weltkultur aber nur die kapitalistische Kultur des Westens verstanden. Wer von uns kennt schon die indische, die afrikanische oder die ägyptische Kultur?«

Musa. Am meisten klatschte man ihm Beifall. Auch ich fand das, was er sagte, richtig. Ich mochte sein schönes, bartloses Gesicht und war traurig, daß ich nach der Versammlung nicht mit ihm nach Hause gehen, Schafskäse und Salat essen und mich neben ihm ausstrecken konnte. Seine Frau saß unter den Versammelten!

Als ich gegen Abend in Kızılay auf den Bus wartete, hatte ich plötzlich den Entschluß gefaßt, allein ans Mittelmeer zu fahren. Die Schlange der Fahrgäste war lang, der Boden schlammig, die Luft roch nach Rauch. Mir gegenüber die erleuchteten Fenster des wolkenkratzerähnlichen Gima; links die Beamten, die mit Aktenkoffern eilig aus den Ministerien kamen und den Haltestellen zuströmten, Sekretärinnen mit ondulierten Haaren und hohen Absätzen, Studenten in Parkas mit dichten Schnurrbärten. Ankara schien mich überrollen zu wollen. Ich lehnte mich mit dem Rücken an die Platane. Wegfahren, ohne jemanden um Erlaubnis zu fragen. Allein, mit dem Nachtbus.

Im Hotel zog ich die an den Armen eng anliegende, schwarze Seidenbluse an und ging ins Restaurant hinunter. Sollte ich aussehen wie eine wohlhabende Frau? Reich und vornehm? Oder vielleicht wie eine Lehrerin? Wie eine ungebundene Frau, der es gleichgültig war, was man über sie dachte? Oder aber freundlich, fröhlich und bescheiden? Wie mußte ich mich geben, damit die jungen Hotelangestellten mich nicht für eine Hure hielten, damit sie Respekt vor mir hatten und nicht einer von ihnen auch nur daran dachte, nachts an meiner Zimmertür aufzutauchen, und sie mich gut bedienten und vor den männlichen Gästen des Hotels beschützten. Im letzten Moment wischte ich mir den Glanz von den Lippen, blickte nochmals in den Spiegel und wischte mir mit dem Papiertaschentuch auch etwas von dem Lippenstift ab.
Ich wollte einen Mann kennenlernen. Er sollte nicht verheiratet sein, er sollte nicht unerfahren sein, und nicht verschämt,

sondern spaßig. Er sollte nicht klein sein und nicht untersetzt, sondern groß, er müßte für das Volk sein, aber nicht wie das Volk. All das müßte er sein, und mit mir zur gleichen Zeit aus Istanbul oder Ankara losgefahren und wie ich in diesem im Winter völlig leerstehenden Hotel gelandet sein, er müßte mich auf den ersten Blick begreifen und mich sofort Musa vergessen lassen. Nach meiner Rückkehr nach Ankara würde ich Musa anrufen und ihm erzählen, daß ich in Kuşburnu drei Nächte mit einem Mann verbracht hatte. Er würde glauben, daß ich ebenso frei und selbständig war wie er und durchaus nicht darauf wartete, bis er sich von seiner Frau scheiden ließe.

Die Männer, die im Restaurant des Hotels aßen, hatten einer wie der andere irgendwo Gold an sich, einen dicken Ring, eine Krawattennadel, einen Manschettenknopf, einen Trauring oder auch einen Goldzahn. Kulturlose orientalische Pfeffersäcke, die sich ihr Selbstvertrauen erwarben, indem sie das Volk ausbeuteten.

Ich schaute ständig zum Meer hinüber, um ihren Blicken nicht zu begegnen. Das Meer war ruhig und glänzte spiegelglatt in der Sonne. Ich ging hinauf auf mein Zimmer im oberen Stockwerk. Dann ließ ich mir drei Tage lang das Essen aufs Zimmer bringen und schrieb meine zweite Erzählung.

Als ich zurückkam, hatte man Musa verhaftet.

Auf dem Bürgersteig Musa. Die Arme vor der Brust verschränkt, die Hände in den Achselhöhlen, der Rücken leicht gekrümmt, das Gesicht blaßgelb wie Zitronenschale.

Er hatte sich mit falschem Namen vorgestellt, als er mich kurz zuvor in der Schule anrief. Ich hatte ihn an der Stimme erkannt und verstand, warum er einen anderen Namen benutzte. Sechs Monate waren vergangen. Es war seine Stimme, die aus dem

Telefonhörer im Zimmer des stellvertretenden Direktors kam. Der Chef mit dem Doppelkinn saß am Tisch und unterschrieb mit dem Füller Formulare, die ihm ein Schüler reichte. Mein Blick blieb an den Falten seiner großen Ohren hängen. Ob er wohl zuhört? Wenn ich nun einfach »Geliebter« in den Hörer flüstere?
»Ja«, sagte ich, »ich gehe gleich los.«
Er sagte nicht, wo wir uns treffen sollten, er würde mich also irgendwo unterwegs abfangen.

Ich blickte in Musas zitronengelbes Gesicht und sagte mir immer wieder: Laß dir nichts anmerken, laß es dir nicht anmerken. Nicht, wie oft ich in den sechs Monaten von ihm geträumt hatte, und wie gleichgültig mir Briefe gewesen waren, die nicht von ihm kamen! Nicht, wie ich bei Regenwetter um ein Gefängnis gestrichen bin, von dem ich mir einbildete, daß er dort einsaß. Nicht, wie eifersüchtig ich auf seine Frau gewesen war, weil sie ihn besuchen konnte. Laß es dir nicht anmerken, wenn du es dir anmerken läßt, findet er es sentimental.
Als ich ihm auf dem Bürgersteig die Hand entgegenstreckte, sagte er: »Man beobachtet mich, geh vor, einen anderen Weg.«
Eine Planierraupe fuhr vorbei, es roch nach Teer. Kichernd gingen zwei junge Mädchen Arm in Arm über die Straße. Eine schwere Wolke, leicht stechender Rauch...
In der Konditorei setzten wir uns in eine Ecke. Vom Tonband ertönte leichte Musik, es war die Sängerin, die das Land beim Wettbewerb der Eurovision vertreten hatte:
»Nimm mich mit in die weite Welt, in ferne, fremde Länder!«
Wenn ich mir anmerken ließe, daß der Schlager mir naheging, würde er meinen Geschmack gehörig in Zweifel ziehen! Diese Arrangements außerhalb jeglicher Tradition, die nie das Niveau westlicher Schlager erreichen und den Kindern der

Neureichen gefallen! Aber mir war das Lied, das ich bis dahin nicht ausstehen konnte, plötzlich nahegegangen, während ich Musa gegenübersaß und nicht wußte, mit welchem Lächeln, mit welchen Worten ich die sechsmonatige Lücke überbrücken könnte. »Nimm mich mit in die weite Welt!«
Am Nebentisch saßen eine Blondine, schlank und schick wie ein Fotomodell, und ein stämmiger, romantisch blickender Mann in den Dreißigern, an dessen Abzeichen man sehen konnte, daß er Bauingenieur war. Sie hielten sich ganz fest bei den Händen, steckten die Köpfe zuammen und tuschelten lachend miteinander. Wir faßten uns nicht an.
Musa erzählte davon, wie sie sich alle um einen politischen Gefangenen geschart hatten, als er nach der Folter dem Zusammenbruch nahe war, wie sie revolutionäre Lieder und Volksweisen gesungen hatten, um ihm den Schmerz und die Einsamkeit zu vertreiben.
»Eines Nachts gegen Morgen hörte ich vom Hof her Vogelstimmen, da mußte ich an dich denken. Du konntest nicht masturbieren oder so was, das tat man nicht, das machte keiner. Jeden Tag wurden ein paar zur Folter abgeholt oder neue gebracht, blutüberströmt, Fußsohlen und Hintern geschwollen, sie konnten nicht mehr sitzen. Es war unglaublich, welche Solidarität, welche Brüderlichkeit im Knast herrschte. Meine Frau schickte Essensgeld, das für den ganzen Saal reichte, und kam an jedem Besuchstag. Nie war sie sentimental oder hatte Schwäche gezeigt. Sie war standhaft wie ein Fels, das hatte mich enorm aufgebaut. Sie kümmerte sich um alles gleichzeitig, um den Haushalt, die Apotheke, das Kind und um den Mann im Gefängnis.«
In diesem Augenblick begriff ich, daß ich mit Musa nicht mehr frühstücken würde. Selbst wenn er immer wieder gesagt hätte: »Ich möchte gern mit dir frühstücken.«

»Lade mich zu dir ein, ich will mit dir schlafen. Laß dir was einfallen, schick deine Mutter und deine Tochter irgendwohin. Laß uns miteinander schlafen. Ich habe ein solches Bedürfnis danach«, sagte er.
»Gut«, sagte ich. Er war gerade aus dem Gefängnis gekommen, da konnte ich schlecht nein sagen.

»Fisch und Rotwein?«
Blaubarsch könne man doch nicht dünsten, sagte er, während er am Fenster stand und auf die Tafel blickte, die ich auf dem Resopaltisch angerichtet hatte. Und er war nicht hungrig. Wahrscheinlich tat es ihm leid, daß ich mir alle Mühe gab, ihn zu bewirten.
»Ich bin satt. Seit wann dünstet man Blaubarsch?«
»Wein?«
»Was für einer?«
Er nahm die Flasche: »Der ist süß.«
Auf dem Wein stand nichts davon, daß er süß war, und irgendwie hatte ich nie gelernt, auf die verschiedenen Sorten zu achten. Und warum nicht? Wenn ich irgendwo zu Besuch war und man mir Wein anbot, dann trank ich ihn, ohne darüber nachzudenken, was für einer es war. Und meist trank ich schneller als die anderen. Sobald ich betrunken war, würde mein Blick ruhiger werden, ich würde mich zurücklehnen, den Arm über die Rückenlehne meines Sessels werfen und die Beine übereinanderschlagen, ohne Gedanken daran, wie weit man mir unter den Rock sehen konnte. Ich hätte keine Angst mehr, daß meine Stimme zu hoch klingt oder ich den Faden verliere, würde den Rauch meiner Zigarette nicht nach vorn, sondern nach oben blasen, ja genau, und ich würde nicht aufgeregt piepsen, sondern gemächlich und mit satter Stimme ohne Rücksicht auf die Ungeduld der anderen sprechen. Wenn Istan-

buler da wären, so würde ich ihnen ungezwungen und humorvoll vorkommen. Wenn ich etwas Witziges erzählte, würde ich selbst als erste zu lachen beginnen, auch wenn die anderen es gar nicht komisch fanden. Bei Leuten aus Ankara, die natürlich über die Machtfrage sprechen und aus dem »Kapital« zitieren würden und kein Türkisch, sondern nur noch Terminologien benutzten, brauchte ich nicht mehr zu Boden blicken, weil ich wieder nichts verstand, ich konnte sie einfach darum bitten, mir das eine oder andere Wort zu erklären, ohne mir dumm vorzukommen. »Ach, das meinst du, Genosse«, würde ich sagen und den anderen ohne Hemmungen mit »Genosse« anreden, wie das die Leute aus Ankara machen. So würde ich mich verhalten, aber erst nachdem man mir irgendein Getränk vorgesetzt und ich es in mich hineingekippt hatte und mir die Augenlider ein wenig schwer geworden waren.

Musa saß mir gegenüber. Es war Samstag. Am Morgen hatte ich meine Mutter und meine Tochter zur Kindervorstellung ins Kino gebracht. Auf dem Fischmarkt in Kızılay hatte ich Fisch gekauft, das Wohnzimmerfenster geputzt, die auf dem Boden zerstreuten Spielsachen ins Hinterzimmer getragen, ebenso Mutters Gebetsteppich und ihren Koran. Ich wollte, daß das Zimmer nicht nach Kind und ungebildeter Mutter aussah. Meine Aufmerksamkeit sollte ganz auf uns beide, ganz auf ihn gerichtet sein. Damit er nicht mehr an das Gefängnis dachte. Ich wollte für alles dasein, was er brauchte. Man hatte ihm Leid zugefügt, und er war erschöpft, aber er hatte seinen Glauben an die Sache bewahrt und hatte loyal zu seiner Frau gestanden, nur leider hatte er das Pech, körperliche Lust und Erfüllung bei ihr nicht zu finden. Und sein Körper war seit sechs Monaten in einsamer Kälte.

Nur ich aß. Er saß mir gegenüber vor dem leeren Weinglas und dem leeren Teller aus weißem Porzellan. Auf dem Rand des Tellers eine weiße Serviette. Ich hatte den Tisch gedeckt wie im Restaurant.
Er blickte durch das Fenster hinaus auf das Tal und die Hütten auf dem anderen Hang. In den kleinen Gärten schaukelte die bunte Wäsche auf der Leine, eine Frau in Pluderhosen fegte einen Hof mit dem Handbesen, zwei Männer deckten mit Brettern ein Dach, Kinder sprangen herum. Die Sonne schien.
Plötzlich fing ich an zu schlingen. Ich kippte auch den Rotwein hinunter und aß sogar die Hälfte des zweiten Fisches.
»Wieviel bezahlst du für die Wohnung?« fragte er.
»Sechshundert«, antwortete ich mit vollem Mund.
Damals lag mein Gehalt bei achthundert.
»Sie bauen Bruchbuden und wollen nur schnelle Gewinne.«
In diesem Augenblick war mir alles egal. Ich stand auf und ging in die Küche, um zu verhindern, daß Musa mir einen Vortrag über Bauspekulanten hielt. Ich holte das Stück Halwa, das ich gekauft hatte, weil ich dachte, es paßte nach dem Fisch. Das Halwa bewies, daß ich an die anatolische Küche gewöhnt war. Ich schnitt ein Stück ab, nahm es zwischen zwei Finger, und während ich es mir in den Mund schob, drehte ich mich zum Fenster um. Unten im Hof stand eine dicke Frau in Pluderhosen mit buntem Kopftuch, die Arme vor der Brust verschränkt, und blickte zu unserer Wohnung herauf. Unsere Blicke trafen sich. Ich wollte weinen, riß mich aber zusammen.
»Die Kindervorstellung ist um vier zu Ende«, sagte ich und fügte trocken hinzu: »Gehen wir noch ins Bett?«
Er sah mich ernst an. Nicht spöttisch, eher nachdenklich.
»Gib mir ein bißchen«, sagte er und zeigte auf die Weinflasche.
Ich reichte ihm die Flasche.
»Komm«, sagte er, nahm mich bei der Hand und ging mit

mir in mein Zimmer hinüber. Die weißgetünchten Wände, die dünnen Leisten des Fensterrahmens, die Sonne, die auf die Scheiben fiel, ich hatte vergessen, sie zu putzen. Die Angst vor dem Nacktsein.
»Du mußt mich verstehen«, sagte er, »mein Kopf ist noch immer bei der Folter. Immer muß ich an die Kameraden im Knast denken, wenn ich Sex machen will ... Ich hoffe, das geht bald vorbei.«
Ich streckte die Hand aus und streichelte ihm mit dem Zeigefinger über die Schläfe. Es war, als bestünde Gleichheit zwischen uns, gemeinsame Erlebnisse und Erinnerungen, ein gleiches Schicksal.
»So hat mich noch nie eine Frau gestreichelt«, sagte er. Und ich glaubte, daß er mich liebte.

Im Treppenhaus Scherben, Blutstropfen, Geschrei, Gelaufe. Ein Schuß fiel. Der Geruch von Blei.
Ich befand mich im Erdgeschoß im Sprachlabor und schloß die Tür hinter mir ab. Die Studenten setzten sich auf die Stühle und wurden still. Es war wie im Krieg, und als hätten wir in einem Bunker Schutz vor einem Bombenangriff gesucht. In den oberen Stockwerken knüppelten Polizisten auf Studenten ein und trieben sie ins Freie.
»Die Grauen Wölfe haben Sami erschossen.«
Der Ernst des Todes senkte sich über uns. Alle sahen plötzlich älter aus. Ich stand da und flüsterte: »Wenn alles wieder ruhig ist, steigen wir aus dem Fenster und gehen hinten herum.«
»Die Polizei unterstützt die Grauen Wölfe«, wisperte einer. Mein Blick fiel auf das Regal, auf dem die Filmrollen standen über das Leben der Familie Dupont in Küche, Wohnzimmer und Garten. Ich konnte doch jetzt, da wir im Sprachlabor Zuflucht gesucht hatten vor den Steinen und Ketten, den Glasscherben,

den Knüppeln, den Flüchen der Polizisten, unmöglich einen Film zeigen, in dem Madame Dupont die Koffer für den Urlaub packt? »Jacques, soll ich dein grünes Hemd auch hineintun?«

In einem fremden Zimmer, einem fremden Bett... Hinter dem blauen Leinenvorhang die Silhouetten halber Menschen, Autolärm... Aus der Schale neben dem schmalen Bett stieg der Geruch von Kippen und Asche auf. Ein kirschroter Pullover, über den Sessel in der Ecke geworfen, an der Wand auf dem Boden Stapel von Zeitungen und Zeitschriften.
»Heute abend um acht ist Sami wieder zu Hause«, sagte Musa. Er stützte sich mit dem Ellenbogen ab: »Du bist schön.«
Er nahm mich mit nach oben. Ich hatte den Geschmack von Honig im Mund. Alles wird immer schneller. Draußen Motorengeräusche, im Zimmer Bob Dylan. Die Uhr in meinem Kopf zeigte auf sieben. Das Zimmer bebte, das Bett quietschte, mir brannten die Handflächen.
»Streichle mich«, sagte ich. Ein Schlüssel knackte im Schloß an der Haustür. Es kam mir vor, als ob ich nur deshalb keinen Orgasmus bekam, weil die anderen die Schlüssel zu den Türen besaßen.

Soldaten im Schlafsaal der Mädchen! Alle hatten sich längst in ihre Kojen zurückgezogen und lagen in jugendlichem Tiefschlaf.
Ich war durch die Säle gewandert, hatte mir diesen tiefen Schlaf angesehen und war wieder auf mein Zimmer gegangen. Ich hatte mir den engen, grauen Rock, den lila Mohairpullover, das Unterhemd, den Büstenhalter ausgezogen und auf den Stuhl gelegt. Ich hatte mir das Nachthemd aus rosa Flanell übergestreift, das Licht gelöscht und aus dem Fenster gesehen, auf die leere Asphaltstraße, die spärlich erleuchteten Wohn-

blocks, und, weiter entfernt, auf das dunkle Grundstück und schließlich zum Himmel. Ich hatte die unzureichende, traurige Befriedigung einer Lehrerin nach der Inspektion der Schlafsäle ihrer Studentinnen empfunden, hatte mich hingelegt und mir die Decke übers Kinn gezogen. Von Gott, an den ich nicht mehr glaubte, hatte ich nur Kraft für die Liebe und für das Schreiben von Erzählungen erbeten und von mir die Furcht zu nehmen. Es war der wachsame, leichte Schlaf einer Mutter, den ich mit Hunderten von Mädchen im gleichen Stockwerk teilte.

Sie stürmten die Treppen hoch, auf eisenbeschlagenen Sohlen, in knisterndem, dickem Wollstoff, mit Gewehren! Natürlich hatten Soldaten, die nachts in einer Hochschule in den Mädchenschlafsaal eindrangen, ihre Gewehre dabei! Plötzlich war das ganze Stockwerk erfüllt von den Stimmen der Soldaten und der jungen Mädchen, von schrillen Tönen, dem Quietschen von Bettgestellen, dem Knarren von Türen.

»Mach sofort das Licht an und zieh dir etwas über«, befahl ich mir. Im Zimmer der Geruch einer Nelke, einer roten Nelke.

»Es ist jetzt nicht die Zeit für Nelken. Wenn die Mädchen dich im Nachthemd sehen, stellen sie dir später keine Fragen mehr.«

»Mach auf! Frau Lehrerin!«

Der Reißverschluß an meinem Rock! Verdammt noch mal, warum stellt man nur so schlechte Reißverschlüsse her! Zieh ordentlich, zieh den Mohairpullover nach unten. Hinten, an der Hüfte, ein Riß! Wie erniedrigend!

»Ja, bitte?«

»Lassen Sie alles so liegen, wie es ist, und kommen Sie heraus. Lassen Sie die Tür offen und kommen Sie mit!«

Es gibt Augenblicke im Leben, die man nie vergißt! Es war zwanzig nach eins, im Zimmer stand eine Brauseflasche mit einer roten Nelke darin, und der Reißverschluß war gerissen.

»Kommen Sie«, sagte der Oberst.
Was darf ich mitnehmen? Ob ich jemals in dieses Zimmer zurückkomme? Vielleicht stecken sie mich in einen der Mannschaftswagen, und ich kann nicht mal jemandem zum Abschied zuwinken.
Die Flure waren voll von Mädchen in Nachthemden und Soldaten in Uniform. Die Betten zerwühlt, die Wolldecken hingen von den leeren Kojen herunter. Die Soldaten mit den Gewehren in der Hand waren nicht älter als die Mädchen. Ich wurde vom Oberst abgeführt. Wir gingen durch den Garten. Ich fühlte den Tau und die Sterne auf dem Gesicht. Diese Nacht wird eine Erzählung, tröstete ich mich, so kannst du das Beste aus ihr machen. Die Soldaten werden die Geschichte nicht lesen, sonst müßten sie sich zwischen der Geschichte und der Uniform entscheiden.
Der Oberst setzte sich in den Sessel des Chefs.
»Haben Sie denn keine Familie? Warum wohnen Sie in der Hochschule?«
Ich verschwieg ihm, daß ich von meinem Assistentengehalt die Miete für eine Wohnung nicht mehr bezahlen konnte, daß ich meine Tochter zu ihrem Vater und meine Mutter zu ihrem Bruder geschickt hatte.
»Lehrer wie Sie hetzen die Jugend auf!«
Und was machen die Soldaten mit den Gewehren, wenn sie die Mädchen im Nachthemd aus den Betten holen? Das durfte ich ihn nicht fragen. Das wird ein Satz in meiner Erzählung.
»Nun erzählen Sie mal.«
Er erklärte, sie wüßten alles über mich. Mit wem alles ich verkehrte. Ob er damit wohl Geschlechtsverkehr meinte? Geschlechtsverkehr mit einem verheirateten Mann.
»Wir wissen, daß Sie gefährliche Publikationen lesen.«
Die Tür ging auf, und der Major kam mit einer Liste herein.

Ich sah, wie die Studenten und Studentinnen zwischen Soldaten in einer Reihe durch den Flur geführt wurden.

Die Gardine hinter mir wurde immer blauer, ich hatte den Morgen im Rücken. Ich verspürte keine Angst vor dem Oberst, ich fürchtete mich in diesem Augenblick vor gar nichts. Ich verteidigte mich nicht, die Geschichte verteidigte sich selbst.
»Ob ich wohl mal auf die Toilette dürfte, Herr Oberst?« Er blickte mich an, als erstaunte ihn meine Frage. Er hatte das Gesicht eines väterlichen, älteren Mannes, der gern Gegrilltes und fette Speisen aß. Daran hatte ich auch schon denken müssen, als er mich fragte, ob ich keine Familie hätte.
»Die Frau Lehrerin sagt, sie muß mal austreten«, rief er dem Soldaten vor der Tür zu. »Komm, Junge, geh mit ihr mal zum Klosett.«
Es war das erste Mal in meinem Leben, daß ich mit einem Gewehr an meiner Seite zur Toilette ging.
Die Korridore waren erleuchtet, aber menschenleer. Am Ende des Flurs liefen wir um die Ecke und gelangten an die Mädchentoilette neben der Treppe zur Mensa. Ich überzeugte den Soldaten davon, daß er besser auf dem Korridor wartete.

Während ich pinkelte, dachte ich daran, welche Wirkung Gefahren haben können. Man wird leicht wie Dunst und schwebt umher. Irgendwie spürte ich, daß der Soldat mich in eine Falle locken wollte. Die Falle: ein Gewehr und ein Glied. Als ich herausging, stand der Soldat im Vorraum direkt vor der Tür. Die Hose aufgeknöpft. Mitten in dem olivgrünen Wollstoff ein Spalt, ein Tal, in dem eine Rakete aufgestellt war. Ich fühlte mich gelassen und unbeschwert und huschte an ihm vorbei. Er blickte mich an, schien aber seinen Augen nicht zu trauen. Ich lief den Korridor zurück, er verspätete sich, weil er sich erst noch die Hose zuknöpfen mußte, dann holte er mich ein. Wieder gingen wir nebeneinander her, er, ich und sein Gewehr. Wir blickten uns nicht an. Sein Gesicht hatte ich gar nicht gesehen.

Die Mannschaftswagen setzten sich in Bewegung, das Manöver war beendet. Ich wurde zu meinem Zimmer zurückgeschickt.
Ich zog mein rosa Flanellnachthemd wieder an und legte mich schlafen.

Das Café hatte Ähnlichkeit mit einem botanischen Garten. Zwischen den Tischen standen Töpfe mit Begonien, Rosen und Lilien. Kameldorn, Kakteen ... Die Kellner waren schnell und guter Laune. »Vous desirez?« fragten sie.

Das Café war sehr voll, aber ruhig. Manche Frauen trugen Sommerhüte aus weißem Leinen. Kinder spielten, ohne aber Lärm zu machen. Ich saß allein am Tisch. Wie immer kannte ich die Sorte des Weins nicht, den man mir vorgesetzt hatte, und trank ihn hinunter. Gerade wollte ich den letzten Schluck nehmen, da kam ein junger Kellner mit weißem Hemd und schwarzen, an Trägern hängenden Hosen zu mir. Er hatte Ähnlichkeit mit Musa und flüsterte mir ins Ohr, daß ich jetzt an der Reihe sei. Gut, daß ich getrunken habe, dachte ich, da habe ich beim Singen keine Hemmungen. Die hatte ich wirklich nicht. Mit dem Mikrofon lief ich zwischen den Tischen hin und her und sang immer lauter, auf französisch. Die Zuhörer lächelten und schienen sehr zufrieden zu sein. Ich trug ein hinten tief ausgeschnittenes, enges Seidenkleid. Gegen Ende des Liedes fing ich an zu tanzen. Ich glitt auf dem gekachelten Boden hin und her wie eine Schlittschuhläuferin. Plötzlich schien mir dieser Boden nicht mehr genug zu sein, ich bewegte mich auf die Tür zu und ging unter Beifall hinaus. Auf einmal war ich auf der Straße. Es war ein großer Boulevard, an dem weiße und rosa Gänseblümchen blühten. Er war voller Menschen. Auf dem Bürgersteig fing ich wieder zu singen und zu tanzen an.

Immer mehr Menschen umringten mich und hörten mir zu, und plötzlich entdeckte ich in der Menge den Oberst, der mich in der Nacht vom Sessel des Chefs aus verhört hatte. Er trug seine Offiziersmütze. Er trat auf mich zu und klebte mir eine Münze auf die Stirn, genauso, wie man das bei Bauchtänzerinnen auf Dorfhochzeiten macht. Plötzlich hörte ich mit Singen und Tanzen auf, nahm die Münze von meiner Stirn und schleuderte sie dem Oberst entgegen. Sie blieb an seiner großen, platten Nase kleben. Dann fing ich wieder zu singen an, und türkische Worte kamen aus meinem Mund heraus. Die Zuhörer klatschen Beifall. Immer mehr umringten mich. Mir fiel auf, daß sie Schirmmützen und Arbeiterkluft trugen, und ich stimmte ein revolutionäres Lied an, das damals in Ankara in den Sälen der Universität gesungen wurde.

Singend ging ich die Straße hinunter. Irgendwann entdeckte ich, daß Tausende hinter mir herkamen.

So müßte Musa mich sehen, ging es mir im Traum durch den Kopf. Dann würde er sich von seiner Frau trennen.

Aus dem Nachtklub im Erdgeschoß tönt Stripteasemusik herauf. Ich stelle mir den Körper der Tänzerin vor. Ein Körper, der sich im roten Licht zur Schau stellt und doch nach außen abgeschottet ist. Wie es vielleicht Dina auch war.

Aus der Niederdorfstrasse kommt ein Geschrei, als zerreiße der Kummer jemandem Hirn oder Herz. Dann ein junges, bitteres Lachen. Rudel junger Männer, die ihr Dasein mit einem plötzlichen Laut kundtun. Der Aufschrei einer Frau, schrill wie die noch ungeübte Stimme eines Kindes in Gefahr. Vor meiner Tür höre ich aufgeregte Schritte. Flinke hohe Absätze, eine mir unbekannte Sprache. Als es wieder still wird auf dem Flur, stehe ich auf und knipse das Licht an. Es ist drei Uhr. Ich ziehe meinen Bademantel an und trete aus dem Zimmer, um zur Toilette zu gehen. Die Tür neben der Toilette steht offen, dort ist das kleine Umkleidezimmer der Frauen, die unten beschäftigt sind. Ich werfe einen kurzen Blick hinein und sehe zwei Frauen, die eine Ostasiatin, die andere Afrikanerin. Die eine trägt schwarze Strümpfe mit Strapsen und einen schwarzen Büstenhalter mit Spitzen, die andere ein enges, mit Flitter besetztes Kleid. Die im BH und den Strapsen weint. Die andere bemerkt mich und macht sofort die Tür zu. Ein schwerer Parfümduft zieht durch den Flur.

6

Ob ich Jasmintee trinken würde? Auf einem kleinen Tisch stand ein Stövchen mit einer chinesischen Teekanne. Wir saßen auf Korbsesseln in einer Ecke der Buchhandlung zusammen. Zwei junge Mädchen kamen herein, sie entschuldigte sich, stand auf und ging zu den beiden Kundinnen hinüber. In dem weiten, kirschroten, indischen Baumwollkleid wirkte ihr schlanker Körper entspannt.

Als sie wieder bei mir war, goß sie den Jasmintee aus der chinesischen Kanne in die chinesischen Tassen:

»Eine Zeitlang ist Dina oft hier gewesen, aber in letzter Zeit...«

»Dina K. ist im letzten Jahr in Zürich gestorben«, sagte ich.

»Ach!« sagte sie, und ihr ungeschminktes, weißes Gesicht mit der breiten Stirn, das an Frauen auf Ikonen erinnerte, war wie versteinert.

»Wirklich?«

»Ja... Ich dachte mir, daß sie vielleicht manchmal hier war.«

»Ja, das war sie. Aber woran denn? Sie war doch noch jung...«

»Im gleichen Alter... Sie war mit mir im gleichen Alter.«

Ein neuer Kunde betrat den Laden, und sie wußte nicht, ob sie aufstehen oder sitzen bleiben sollte.

»Woran denn?«

»Krebs«, sagte ich nur, ich mochte ihr nicht sagen, daß Dina noch fünf Tage vor ihrem Tode in der Psychiatrie eingesperrt wurde.

»Ach...«, sagte sie. Sie wußte nicht, was sie sagen sollte und entschuldigte sich und ging zu dem Kunden hinüber.

Als sie wiederkam, schwiegen wir eine Zeitlang, dann sagte ich:
»Ihr Mann war Schweizer. Kennst du ihn?«
»Ihren Mann? Nein, ich glaube nicht, ich kann mich nicht erinnern. Dina war immer allein, wenn sie hierherkam... Ihren Mann, an den kann ich mich nicht erinnern.«
»Und Dinas Nachname? Weißt du, wie ihr Mann mit Nachnamen heißt?«
»Nein. Hier gehen ja so viele ein und aus.«
Für einen Moment blickte sie mich prüfend an: »Ach, ihn suchst du?«
»Ja«, sagte ich. »Ich möchte mit Dinas Mann reden. Über sie.«
»Wart ihr Freundinnen?«
»Ja«, sagte ich, »wir kannten uns seit zwanzig Jahren.«
»Bist du etwa deshalb in Zürich geblieben?«
»Vielleicht«, sagte ich, »ja, das mag eine Rolle gespielt haben.«
»Um darüber zu schreiben?«
Ich wußte nicht, ob ich darauf antworten sollte.
»Vielleicht.«
»Du suchst ihren Mann, nicht wahr?«
»Ja.«
Ich blickte zu Boden, um ihrem Blick auszuweichen.
»Dina«, sagte sie, »Dina schien eine starke Frau zu sein.«
»Ja...«
»Aber einmal, daran erinnere ich mich, haben wir uns gestritten«, sagte sie, und in ihrem Gesicht erschien ein mürrisches Lächeln.
»Worüber?«
»Ich hatte sie gefragt, ob sie sich für die Lage der in der Schweiz lebenden türkischen Emigrantinnen interessiere. Diese Frauen aufzuklären... Nein, hatte sie gesagt, ich möchte niemanden aufklären.«

»Sie wollte niemanden aufklären. Von ihrem eigenen Standpunkt aus hatte sie wohl recht.«
»Du hingegen ...«, begann sie, aber eine neue Kundin trat ein, und unser Gespräch wurde unterbrochen. Mir kam das gelegen, beide Standpunkte leuchteten mir ein – aufklären zu wollen oder dagegen zu sein.
Als sie wieder zu mir kam, schien auch ihr eine Diskussion darüber überflüssig zu sein. Sie fragte mich, wo ich wohnte.
»In Niederdorf.«
»Ach, Niederdorf ist herrlich! Da ist viel los. Meine Freundinnen und ich gehen oft in das Restaurant ›Weiße Rose‹.«

Ich fragte sie nach der Adresse der »Weißen Rose«. Seit Tagen hatte ich allein zu Abend gegessen, entweder in der Mensa oder im Café Zähringer. Mit Freunden abends in die »Rose« zu gehen, das schien mir der Beweis für ein ausgeglichenes Leben zu sein. Der Kellner dort wußte bestimmt, welche Speisen sie gerne aß. Ein Leben mit festen Gewohnheiten und ohne Erschütterungen. Das Leben eines Menschen, der jahraus, jahrein im selben Bett schläft, immer den gleichen Schrank benutzt, im selben Sessel sitzt und stolz beobachtet, wie die Pflanzen in den Töpfen gedeihen.
»Mein Zimmer ist sehr klein und dunkel«, sagte ich, »und obendrein ist im Erdgeschoß ein lautes Nachtlokal.«
»Wenn du ein Zimmer suchst, kann ich dir vielleicht helfen. Würdest du mit Frauen zusammenziehen? Mit bewußt lebenden Frauen?«
»Ja, natürlich.«
»Ich kenne da eine Wohnung, da wohnen zur Zeit drei Frauen, und die suchen eine vierte.«
Sie stürzte ans Telefon, aber niemand nahm ab. Sie gab mir die Nummer der Wohnung.

»Ich freue mich, daß du in Zürich bleibst«, sagte sie. »Komm doch einfach mal in unserem Frauenklub vorbei. Dina ... Es trifft mich, daß sie tot ist. Ihr scheint sehr verschieden voneinander zu sein.«
»Inwiefern?«

Zur Ausländerpolizei würde ich erst um zwei gehen können. Mittagspause.
Ich kam an der Kathedrale vorbei, hatte Lust hineinzugehen und wollte unter den Fresken und Kirchenfenstern im Schein der Kerzen ein zartes Gefühl von Einsamkeit empfinden! Dina hatte einmal eine Geschichte geschrieben, in der sie in einer Istanbuler Kirche von einem traumartigen Gefühl befallen wird und im Kircheninneren Gelegenheit findet, mit ihren Gedanken und mit ihrem Schmerz allein zu sein. Nicht in bekannter, sondern in fremder Umgebung, nicht in muslimischem, sondern christlichem Dekor.
Ich trat an die Tür zur Kathedrale heran mit der Unbekümmertheit eines Touristen.
Der Pfarrer drückte den Kirchgängern, die gekleidet waren wie zum Gottesdienst oder zu einer Trauung, die Hand. Plötzlich verschwanden Höflichkeit und Gelassenheit aus seinem Gesicht, er drehte sich abrupt in meine Richtung, hielt abwehrend den Arm hoch und hinderte mich daran, in die Kirche zu gehen. Ich trat einen Schritt zurück, und flink wie ein Roboter kehrte der Pfarrer zu seiner alten Höflichkeit zurück und hielt den Herauskommenden wieder die Hand entgegen. Während ich mich eilig von dem Münster entfernte, stellte ich mir vor, daß alles, was mir in dieser Stadt weh tat, auch Dina verletzt haben könnte.

Ich übergab der kurzhaarigen, älteren Frau hinter der dicken Glasscheibe in dem graugestrichenen Zimmer der Ausländerpolizei meinen Paß und erklärte ihr, daß ich eine Zeitlang in Zürich bleiben wolle, um eine Recherche durchzuführen. Dem Verdacht, den mein Paß für Staatenlose hervorrief, mußte ich etwas entgegensetzen. Als die Beamtin bei der Spalte »Beruf« angelangt war, wußte sie nicht, ob sie Achtung oder Hochmut zeigen sollte, und entschied sich dann für Hochmut.

Von der Ausländerpolizei ging ich zum See hinunter. Sonne, Wasser, baumbestandene Ufer. Ich stellte mir vor, wie Dina hier oft den Dampfer bestiegen hatte. Ich wußte, wieviel Spaß sie daran hatte, mit dem Schiff zu fahren, das Ufer hinter sich zu lassen. Sie hatte, noch nicht mal achtzehn, zusammen mit einer Freundin im Istanbuler Hafen ein Schiff bestiegen und war nach Neapel gefahren, ohne ihrer Familie Bescheid zu sagen. »Diese italienischen Männer!« Ich sehe ihr schmales Gesicht vor mir, wie es sich ausschüttet vor Lachen.

Dina war in einem Dorf aufgewachsen, wo man vom Boden oder von großen Messingplatten mit den Händen und Holzlöffeln aß. Am meisten Angst hatte sie, wenn nachts im Ramazan die Pauken geschlagen wurden. Sobald morgens in aller Stille plötzlich die Pauke erdröhnte, um die fastenden Muslime zum Frühmahl zu rufen, fielen ihr die Geschichten von der Hölle ein, die ihr die Großmutter erzählt hatte. Die Höllenwärter ergriffen die Sünder, um sie ins Fegefeuer zu werfen. Für die Großmutter hatten sich Mädchen, die schwarze Turnhosen anzogen wie die Jungen oder sich erdreisteten, auf ein Fahrrad zu steigen und in die Gärten hinauszufahren, bereits unter die Sünder begeben, dabei war für Dinas Eltern, die beide Lehrer in der Dorfschule waren, Atatürk das Vorbild für die Jugend. Sie schlich hinter ihre Großmutter, wenn die sich zum Gebet hinstellte, und zupfte an ihrem weißen Kopftuch, und wenn die

Großmutter dann vor Schreck »Mein Gott, steh mir bei« rief, fand Dina das lustig und kicherte. Wenn die Großmutter sich anschickte, ihren Enkeln die arabischen Gebete beizubringen, fuhr ihre Tochter sie an: »Das sind Kinder der Republik!« Aber wenn nachts eine Eule schrie, wenn der Wind heulte wie ein Wolf, wenn es donnerte, als näherte sich ein tobender Riese auf hölzernen Beinen dem Haus, verließ Dina ihr Bett und flüchtete sich an die Brust der Großmutter. Warm und weich war sie, die Großmutter, in ihren vielen Kleidern übereinander. Die Großmutter starb im Dorf, und die Familie zog nach Istanbul.

»Möge Gott euch behüten, Kinder!«
Wenn die deutsche Nonne in die Klasse kam, standen die Kinder alle gleichzeitig auf und erwiderten ihren Gruß: »Möge Gott dich behüten, Schwester!«
Die Nonne erzählte den Kindern vom Tod.
»Sterben heißt, zu Gott zu finden.« Dinas Blick fiel auf das Fenster. Ein von hohen Mauern umgebener Hof mit einem Boden aus Beton. Neben der Mauer ein kümmerlicher Pflaumenbaum. Die Regentropfen klopften gegen die Scheiben.
»Der Tod bedeutet Erfüllung«, sagte die Nonne.

Dina, zu Hause, sie saß in einem Zimmer, das sie sich mit ihrer älteren Schwester teilte, und lernte ein Gedicht von Goethe auswendig. Ihr Vater fragte die Mutter, warum sie Nudeln gekocht hätte. Junge Menschen brauchen mehr Proteine! Im Radio klassische türkische Musik: »Heute wandelte ich wieder im Garten meines Herzens, ich schaute dich an, du warst schön wie Mond und Frühling.« Ihr älterer Bruder stand auf, schaltete das Radio aus und legte Edith Piaf auf den neuen Plattenspieler. Es war ein Abend wie jeder andere. Ihr älterer Bruder ging in die Kneipe in Beyoğlu, um sich mit seinen Freunden zu treffen. Der Vater zog sich den Pyjama an, setzte sich ins Wohnzimmer und las Zeitung. Die Mutter legte sich die Haare ein, setzte sich an den Küchentisch und sah die Hausaufgaben ihrer Schüler nach. Dina ging ins Badezimmer und putzte sich die Zähne. Auf dem Flur fiel ihr Blick auf einen Zettel, der mit Heftzwecken an der Wand befestigt war. Die Handschrift des Vaters ...

1) Geh früh ins Bett, steh früh auf
2) Verschiebe nichts von heute auf morgen

Bevor Dina schlafen ging, packte sie ihre Schultasche. Der deutsche Hausaufsatz, den sie geschrieben hatte: Die Reise. Sie zog sich das Nachthemd an. Fast war sie eingeschlafen, da wurde das Licht angedreht. Es war die ältere Schwester: Ach, ich wußte nicht, daß du schon schläfst. Sie verließ den Raum wieder. Sie hatte nasse Haare.

Um zwei Uhr wachte Dina auf. Auf Zehenspitzen verließ sie ihr Zimmer, lief hinüber ins Wohnzimmer und knipste das Licht an. Sie war barfuß und trug ihr Nachthemd aus weißem Flanell. Ihr Blick glitt über das Wohnzimmer: ein viereckiger Tisch für sechs Personen, ein Büffet, auf dem Pfefferminzlikör und Kristallgläser standen, zwei Sessel und ein Sofa, mit rötlichem Gummibezug, eine bronzene Atatürkbüste, ein Baum aus Kunststoff, Regale voller Bücher.

Dina blieb vor dem Arzneischrank stehen. Sie fand das Tablettenröhrchen, das sie suchte. Am Hahn in der Küche füllte sie sich ein Glas voll Wasser und schloß die Tür. Sie trat ans Fenster. Von dort sah man die Straßenlaterne und die menschenleere Straße. In einem der Wohnhäuser gegenüber waren zwei Fenster erleuchtet. Dina betrachtete die Straße und steckte sich eine Tablette nach der anderen in den Mund. Jedesmal nahm sie einen Schluck Wasser dazu. Als nichts mehr in ihrer Hand war, kehrte sie auf Zehenspitzen in ihr Zimmer zurück. Ihre ältere Schwester schnarchte leicht. Dina ging zu ihrem Bett hinüber und zog sich die Decke über den Kopf. Im Traum sah sie sich über Felder laufen.

Ob sie in Zürich angesichts des Todes, den sie sich diesmal nicht selbst, sondern den ihr der Krebs bescherte, denselben schönen Traum noch einmal gehabt hatte? Am Morgen der Nacht, in der die vierzehnjährige Dina über die Felder gelaufen war, erwachte sie in einem Bett, in dem es nach Medikamenten roch. Die Psychiatrie.

Als sie wieder nach Hause kam, waren die Kunstledersessel, der Baum aus Plastik, die Atatürkbüste, die Tüllgardinen im Wohnzimmer immer noch da, und auch der Vater, der glaubte, daß man ordentlich und fleißig sein müßte, um glücklich zu werden.

Vielleicht war es diese Neigung zu Pflicht und Ordnung gewesen, die den Vater dazu gebracht hatte, seine Tochter schon mit elf Jahren auf die deutsche Privatschule zu schicken? Vielleicht hatte er gehofft, daß die deutsche Erziehung seine zerstreute, zartbesaitete Tochter abhärten würde? Wenn Dina gefragt wurde, was sie zu dem Entschluß gebracht habe, Tabletten zu nehmen, so antwortete sie: »Ich hatte Lust dazu.« Ihr war alles zu eng: die Wohnung, die Gasse, die Schule – plötzlich zu eng. Der Tod dagegen begrüßte sie mit endlos weiten Feldern, mit kühlem Wind.

Nach dem Abendessen reichte der Vater ihr ein Ohrgehänge aus den Kirschen, die auf dem Tisch standen. »Wie kann man sterben wollen, solange es so schöne Kirschen gibt?«

Die Sprache, die Dina auf der deutschen Schule gelernt hatte. Die Nonnen, die sich Gott und der deutschen Sprache geweiht hatten. Halbwüchsige Mädchen aus Istanbul, deren Hände auf den Tischen lagen, damit man sah, wie kurz ihre Nägel geschnitten waren. Nach Shampoo duftende Haare, wohlbehütet vor dem Staub der Straße und den Schlägen des Windes. Die meisten Mädchen wurden morgens vom Schulbus aus den Neubausiedlungen abgeholt und in die von hohen, steinernen Mauern umgebene Schule gebracht. Damit wurde verhindert, daß sie sich morgens und abends unter die rauhen Menschen in den Stadtbussen mischten. Unter die Arbeiter, die fluchten, nach Schweiß rochen und beim Einsteigen stießen und drängten, unter die gierigen kleinen Händler mit den kräftigen Schnurrbärten, die immer nur darauf aus waren, sie an Popo oder Brüsten anzufassen. Die Mädchen auf der deutschen Privatschule wurden vor all diesen Dingen bewahrt. Der Schulbus hielt morgens vor dem Haus, und die Mädchen kamen in gebügelten Uniformen und geputzten Schuhen die Treppe herunter. Manche waren dank ihrer Väter auch auf den Schulbus nicht angewiesen. In einem Cadillac wurden sie zur Schule gebracht, und ein Mädchen, zart und zerbrechlich wie eine Mimose, verabschiedet sich vom Vater mit einem Küßchen auf die Wange.

Die jungen Nonnen, die jeden Morgen die Sauberkeit kontrollieren, verbergen ihre Haare und ihre Gefühle. Ob Dina sich an diesen Nonnen rächen wollte, als sie daranging, ihren Körper an die Männer zu verschwenden? Als sie, noch als Schülerin, zum ersten Mal im Ausland war, legte sie sich in einer Jugendherberge zu einem jungen Mann, den sie gerade kennengelernt hatte, und bat ihn, sie von der lächerlichen Jungfräulichkeit zu befreien – während andere im selben Saal schliefen. Die Zeit der Hippies, der sexuellen Befreiung, der Liebe und der Blumen. Damals war in Zeitungen zu lesen, daß die Mädchen in Westeuropa mit fünfzehn versuchten, ihre Jungfräulichkeit loszuwerden, und daß sie sich unter jungen Leuten, unter ihren Freunden als minderwertig empfanden, falls sie mit achtzehn noch unberührt waren. Dina wollte sich der aufsässigen Jugend in Europa anschließen.

In dem Alter sehnte auch ich mich nach einem anderen Leben. In den übereinandergeschachtelten Hütten unseres Viertels, in den kleinen Gärten, in denen man am späten Nachmittag und am Wochenende mit den Nachbarn Tee trank, selbstgemachte Plätzchen oder Blätterteigtaschen aß, träumte ich von einem anderen Leben. Ich stellte mir vor, was für ein großartiges Gefühl es einem jungen Mädchen geben mußte, in einem Neubau in der Stadt zu wohnen. Statt der mit Kelims bedeckten Wandbänke kunstlederbezogene Stühle, statt des lehmigen Gartens ein Balkon aus Beton, mit einem Geländer aus Eisen, statt der Volksweisen, die mit Pauken und Oboen aus den Fenstern tönten, »I love Paris« oder »Lili Marlen«. Ich lernte Texte von Schlagern auswendig, ohne sie zu verstehen. Nicht unter den Nachbarsfrauen wollte ich sein, die im Hof miteinander herumbalgten oder auf ihren Kelims saßen und sich lachend erzählten, wie ihnen der Mann gesagt hatte, Mädchen, komm, zieh dir die Unterhose aus. Ich wollte unten in der Stadt leben, in einer Etagenwohnung unter vornehmen, eleganten Menschen.

Ich ging zu Fuß in meiner schwarzen Schürze mit dem weißen Kragen in immer wieder neu besohlten Schuhen zur Mittelschule für Mädchen, weil ich kein Geld für den Autobus hatte, und wenn mir dann unterwegs Schülerinnen vom amerikanischen College begegneten, schämte ich mich. Sie brauchten nicht wie wir in schwarzen Schürzen herumzulaufen. Sie hatten dunkelblaue Röcke mit Rüschen, schneeweiße Popelineblusen, rote Jacketts. Die Mischung aus Neid und Scham, die mich vor den Mädchen vom College damals befiel, setzte sich darin fort, daß ich mich später durch sehr elegant gekleidete Frauen beunruhigt fühlte. Ich erinnere mich noch, wie ich diese Beunruhigung auch wieder erlebte, als ich Dina in Berlin auf dem Flughafen traf: im Nerz, mit gesträhnten Haaren, an ihrer Seite ein schlanker, blonder Deutscher, der wie ein Student aussah.

Als Dina, kaum zwanzig, allein im Dachgeschoß einer Mietskaserne wohnte, weil ihr Mann nach Paris gegangen war, entdeckte sie, daß verspielte, feminine Männer wie ihr englischer Nachbar Paul ihr viel besser gefielen als behaarte Typen mit tiefen Stimmen, deren Hände nach Tabak rochen.

Damals arbeitete sie als Sekretärin im deutschen Konsulat. Sie stellte sich vor, daß ihr Mann in Paris mit Mädchen zusammen war, die blumengeschmückte Hüte trugen, mit zarten Fingern den Männern die Brusthaare streichelten, sich die Lippen schminkten, damit sie die Sinnlosigkeit des Lebens vergaßen. Immer stellte sie sich ihre ausländischen Konkurrentinnen attraktiver vor. Ihr Mann schickte ihr ein Foto, das einen menschenleeren Pariser Boulevard im Nebel zeigt: »Mein Gott, wie gut einem die Freiheit tut, es ist kaum auszuhalten!«
Auch als er mit langen Haaren und einem Vollbart aus Paris zurückkam, verbrachte sie weiter die Nächte mit Paul. Ihr Mann betrat nicht seine eigene Wohnung, sondern den Wartesaal eines Bahnhofs. »Gut«, sagt er, »wenn du das so willst. Ich schlafe drüben.«
An ihrer Seite Paul, ihr Mann in dem anderen Zimmer! Plötzlich überkam sie die Angst, sie könnte vergessen, wo, mit wem und was sie ist. Ihr Selbst schäumte über wie eine kochende Flüssigkeit. Sie lief schreiend auf die Straße. Die beiden Männer brachten sie in die psychiatrische Klinik.

Berlin: Geräusche, das Poltern von Steinen, das Brodeln kochenden Wassers, Windgetöse, ein laufender Motor. Wörter hatte ich noch keine. Eine fremde Sprache ist wie ein Vogelnest in meiner eigenen Sprache. Die Autorenbuchhandlung in der Carmerstraße. Später Samstagnachmittag, es schneite. Auf dem runden Tisch standen Champagnerflaschen, Espressotassen. Plötzlich kam Dina herein mit Schneeflocken auf der braunen Baskenmütze, auf den Schultern ihres tabakfarbenen Pelzmantels. Sie war geschminkt, fröhlich, umarmte die meisten am Tisch, küßte ihnen die Wangen, als hätten sie alle noch einen Tag zuvor miteinander gefeiert, und als habe sie sich mit ihnen verschworen. Genau wie damals in dem Lokal in Istanbul. Sie sprach Deutsch ebenso laut wie Türkisch und benutzte dieselben Gesten. Mich übersah sie, ging über die zwanzig Jahre unserer Bekanntschaft einfach hinweg. Damals war gerade mein Roman auf deutsch erschienen. Das war es, was Dina wütend machte. Es war, als sei ich in ihr Haus eingedrungen, in die deutsche Sprache, die sie in der von Nonnen geleiteten Schule erworben hatte. Mit dem Sektglas in der schlanken Hand saß sie mir in der Buchhandlung direkt gegenüber.
Ich bemerkte wie erschöpft, wie welk ihr Gesicht unter dem Puder war. Wohl niemand am Tisch wußte in diesem Augenblick so genau wie ich, in welchen Widersprüchen sie ihr Ich für die Literatur gestählt hatte. Ich wußte nicht, ob es außer mir noch jemandem auffiel, daß die Hand zitterte, in der sie die Champagnerflasche hielt.

Ich verließ die Buchhandlung, ohne mich von irgend jemandem zu verabschieden. In der Uhlandstraße gingen drei Frauen mit Kopftüchern vor mir. Sie trugen Plastiktüten; wie die Putzfrauen, die in Istanbul in die Häuser der Reichen gehen, um dort sauberzumachen. Sie unterhielten sich brüllend, als liefen sie nicht in Berlin, sondern in einer anatolischen Kleinstadt herum. Die einzigen, die sich wirklich in Berlin aufhielten, das waren Dina und ich. Wir mußten uns in Berlin rechtfertigen.

Ich sehe zu den Bergen hinüber. Lange Ketten hintereinander. Die erste Reihe umschließt schützend die Stadt, am Fuß der zweiten stehen weißgestrichene Häuser. Mit Tannen, Buchen, Weiden und gelben, weißen und rosa Blumen streckt die Natur ihren Kopf zwischen den Häusern heraus.
In Kilchberg verlasse ich das Schiff. Mir begegnen Autos, die im Schein der Sonne funkeln. Ein junger Gärtner mäht den Rasen mit der Maschine. In einem anderen Garten zwei Kinder, die still mit Plastiksachen spielen. Dann zwei ältere Frauen mit Wasserwellen, die auf weißen Gartenstühlen sitzen und Kaffee trinken. Auf der rechten Seite des Weges stets der spiegelblanke Zürcher See, im Hintergrund der wie ein Faltenrock daliegende Zürcherberg mit Wäldern, die sich in den Himmel winden. Von hier aus wirkt alles still und passend. Auf dem anderen Bürgersteig steht ein dicklicher Mann in dunkelblauem Anzug. Das Jackett spannt sich über seinem Bauch. Ernst und schweigend steht er auf dem Bürgersteig herum und grüßt jedes Auto, das vorüberfährt, indem er seinen kahlen Kopf ein wenig neigt und die feiste Hand hebt. Er gibt sich Mühe, alle gleich zu behandeln und grüßt jedes vorbeikommende Fahrzeug ohne jegliche Aufdringlichkeit.

Kein Laut aus Zülfüs Zimmer. Gerd, mein Nachbar, ist für das Wochenende bei seiner Familie am Bodensee. Ich klopfe an Niras Wohnungstür, um ihn um einen Bogen Briefpapier zu bitten. Er öffnet und begrüßt mich mit Schweigen. Es ist fast zehn Uhr abends. Obwohl wir uns gelegentlich auf dem Flur begegnen und einander grüßen, blickt Nira mich an, als sähe

er mich das erste Mal. Dann geht er hinein, um nach dem Briefpapier zu suchen. Ich warte an der Türschwelle. Eine Dreizimmerwohnung, eines der Fenster geht auf den Limmatquai hinaus. An der Wand ein Plakat: eine junge Frau mit langen, blonden Haaren, ein dunkelhäutiger Mann. Auf dem Büffet Cognac, Schnaps, aus der Küche riecht es nach Curry.
Zülfü hat mir gesagt, daß er von allen im Haus am meisten von Nira hielte. Nachdem er aus Sri Lanka nach Berlin gekommen war, habe er eine Weile im Asylantenheim gewohnt. Jetzt arbeitet er in einer Bank am Computer. Nira kommt mit zwei Briefbögen und einem Umschlag zur Tür zurück und fragt mich mit ruhiger Stimme und einem kaum merklichen Lächeln:
»Und, hast du den Schleier des Geheimnisses lüften können?«
Ich erschrecke. »Welches Geheimnis?«
»Zülfü hat mir gesagt, daß du Journalistin bist. Und ich hab' gehört, daß du hier bist, um etwas Bestimmtes herauszubekommen.«
»Ach so, ja, schon, in gewisser Hinsicht schon«, stottere ich.
»Ein Mord oder so was?«

7

»Nein, ich habe ihm die Wahrheit natürlich nicht gesagt. Warum sollte ich?« sagt Fatma, als sie davon erzählt, wie Zülfü sie geradezu einem Verhör unterzogen hat. Fatma wohnt seit drei Tagen bei uns im Haus. Ihr Zimmer liegt direkt unter meinem. Wir trinken Tee bei ihr. Das Zimmer ist noch dunkler als meins. Es riecht nach Feuchtigkeit und nach einem schweren Parfüm.

»Ich hab' ihm gesagt, daß ich auf meinen Verlobten warte, der Student ist.«

Im Halbdunkel des Zimmers sehe ich sie mir genauer an. Von den unbeschwerten Hoffnungen eines verlobten Mädchens ist nichts zu entdecken. Die Art, wie sie einen Teil ihrer rotgefärbten Haare mit einer Plastikspange zusammengesteckt hat, möchte das Märchen glaubhaft machen, das sie Zülfü erzählt hat. Aber die zu feinen Bögen gezupften Brauen und die müden Augenlider geben ihrem Gesicht einen Anstrich von Abgekämpftheit, die kleine, ebene Nase und die breite Unterlippe einen Ausdruck erotischen Hochmuts.

»Ja«, sage ich, »Zülfü hat mir gesagt, daß du auf deinen Verlobten wartest.«

Ich erzähle ihr freilich nicht, daß Zülfü die Nase gerümpft und gesagt hat: »Die Frau behauptet das zwar, aber...«

»Das Haus ist schrecklich«, sagt Fatma, »der Chef ist ein roher, ungehobelter Bursche. Von mir will er fünfzig Franken mehr haben. Du zahlst dreihundert, ich dreihundertfünfzig. Die Zimmer sind sich gleich. Eigentlich will ich hier nur für ganz kurze Zeit bleiben. Ich habe einen Prozeß, den muß ich abwarten.«

Sie sieht mich einen Moment lang an, scheint sich zu fragen, ob ich verschwiegen sei oder nicht. Dann sagt sie mit trockener, entschlossener Stimme:

»Ich lasse mich scheiden.« Auf ihrem rundlichen Gesicht erscheint die Gereiztheit einer Hausfrau, die nach einem großartigeren Leben Ausschau hält, dabei aber von Schuldgefühlen geplagt wird.

»Ich verstecke mich vor meinem Mann«, sagt sie fast flüsternd. Ich erschrecke grundlos. Plötzlich bilde ich mir ein, im Kleiderschrank, von dem der blaue Lack an einigen Stellen abblättert, habe sich etwas bewegt und heraus würde ein kleiner, dunkelhäutiger Mann springen.

»Er ist in Basel«, sagt sie. »Wir haben zwei Jahre dort gelebt. Alle meine Sachen sind noch in unserer Baseler Wohnung. Wie lange bist du schon hier?«

Bei dieser Frage sieht Fatma mich an und weiß, daß auch ich ein Geheimnis habe, das ich aber für mich behalten will.

»Auch ich bin erst kurz hier«, sage ich.

Sie schweigt und scheint darauf zu warten, daß ich ihr die Wahrheit erzähle. Als ich aber weiter nichts sage, setzt sie wieder ein. Seit Tagen sei sie sehr müde, könne aber nachts bei dem Gegröle der Betrunkenen und der Musik aus dem Nachtklub nur schlafen, wenn sie sich die Ohren zustopfe. Dann zeigt sie auf die blaue Plastikschüssel an der Wand unter dem Fenster. Darin würde sie sich morgens waschen. »Ich möchte in keine Badewanne steigen, die noch andere benutzen.«

Sie füllt uns aus der rotlackierten Blechkanne Tee in die Gläser nach. Auf einem Porzellanteller auf dem kleinen Tisch liegen türkische Mehlplätzchen.

»Woher hast du die denn?« frage ich und nehme eins davon.

»Von drüben, aus dem türkischen Lokal«, sagt sie, »und den türkischen Tee auch. Anderen Tee kann ich nicht trinken. Tee in Papiertütchen bekommt mir nicht.«

Während das Plätzchen auf meiner Zunge zergeht, verfliegt auch die Wolke der Einsamkeit, die diese Woche in Zürich über mir geschwebt hat. Ich blicke durchs Fenster hinüber auf die Wand des Nachbarhauses. Sie ist kalt und grau, dennoch durchströmt mich ein Gefühl der Wärme wie draußen in der Sonne. Ich sauge den bitteren Teegeruch ein, lächele Fatma wie zum Dank zu und lehne mich in dem wackligen Holzstuhl zurück.

»Du hast recht. Wenn ihr euch nicht vertragt, ist es besser, ihr laßt euch scheiden.«

»Keiner von den Bekannten hat mir recht gegeben. Was hast du an dem armen Mann nur auszusetzen, haben sie gesagt. Er schimpft nicht, er schlägt dich nicht?«

»Es muß nicht unbedingt einen solchen Grund geben«, sage ich, »vielleicht willst du nur deinen eigenen Weg gehen.«

Fatma mustert mich kühl, sie scheint mit meinen Worten nicht viel anfangen zu können. Für einen Moment wendet auch sie sich dem Fenster zu. Ihr Blick fällt auf die graue Wand, und ihre großen, hellbraunen Augen füllen sich mit Kummer. Dann sieht sie wieder mich an:

»Mein Mann ist kein schlechter Kerl, das will ich damit nicht sagen. Er kam von der Arbeit immer direkt nach Hause. Trank nicht und spielte nicht. Aber wir sind ganz entgegengesetzte Naturen. Er kommt abends aus der Fabrik, setzt sich hin, ißt und macht den Mund nicht mehr auf. Ich treibe mich gern ein bißchen herum, will Freunde bei uns haben oder sie besuchen, ich höre gern Witze. Und obendrein ist er eifersüchtig! Wenn ich mit einem Mann, der uns besucht, ein bißchen scherze, macht er mir schon Vorhaltungen. Du bist eine leichtfertige Frau, sagt er, die Leute reden über dich. Nun höre mir zu, Salim, hab' ich gesagt, ich will offen reden. Wenn du mich nicht unterhalten kannst, dann finde ich schon einen, der es tut.

Niemand will einfach seine Familie zugrunde richten. Aber unsere Ehe läuft so nicht weiter, hab' ich gesagt. Änder dich ein bißchen, dann hör' ich auf, so leichtfertig zu sein. Gut, hat er gesagt, du hast ja recht, Fatma. Was ich auch sage, immer sagt er, richtig, Fatma, du hast ja recht. Und das treibt mich zur Weißglut. Wenn er sagen würde, nein, das stimmt nicht, glaub mir, das würde mir besser gefallen. Wenn der Kerl sich nur verteidigen würde! Du hast recht, sagt er, und alles bleibt beim alten. Wieder sitzt er Abend für Abend mucksmäuschenstill da. Ich dagegen bin von Natur aus gesprächig. Ich kann mir doch nicht einen Reißverschluß vor den Mund tun und mich still in eine Ecke setzen. Glaube mir, wenn man mir den Mund zubindet, dann rede ich mit dem Hintern weiter!«

Fatma lacht auf, und auch ich muß lachen. Es ist das erste Mal seit meiner Ankunft in Zürich, daß ich lachen muß.

»Ja, und dann hab' ich Aydın kennengelernt, das heißt, zuerst seine Frau. Sie stammte aus einem Dorf und war nicht imstande, sich zu wehren. Ihr Mann soll tagelang nicht nach Hause gekommen sein. Die Frau tat mir leid. Gib mir die Telefonnummer von der Firma, wo dein Mann arbeitet, sagte ich zu ihr, sie wohnte zwei Häuserblocks von uns entfernt, ich ruf' ihn an. Ich wollte zwischen den beiden vermitteln, aber dann hab' ich dem Mann den Kopf verdreht.«

Wieder lacht Fatma schrill auf. Sie fährt sich mit den rundlichen Fingern durch die gekräuselten Haare, hebt sie an, wirft den Kopf in den Nacken und wiegt den nackten Arm hin und her wie beim Tanz. Ich muß an Suzan aus unserem Viertel denken. Als die Familie ihr den Mann, den sie liebte, nicht geben wollte und sie einen reichen Alten heiraten sollte, versuchte sie eines Tages, sich mit einem Röhrchen Chinin das Leben zu nehmen. Sie sprach ebenso laut wie Fatma, und dabei waren ihr draller Körper und ihr bleiches Gesicht in unaufhörlicher Bewegung. Den Selbstmordversuch überlebte Suzan nach einer Magenspülung, nur kurz darauf war sie verschwunden. Niemand hat sie im Viertel je wieder gesehen. Die ist im Bordell gelandet, hieß es unter den Frauen, und dabei verzogen sich ihre Gesichter vor Schmerz und Ekel, als sei das noch schlimmer, als gestorben zu sein.

»Und er ist doch zu seiner Frau zurückgegangen, dieser feige Kerl!« sagt Fatma und nimmt die Hand aus dem Haar. »In seinem Heimatdorf würde man ihm das vorwerfen, meinte er, daß er seine Frau in der Fremde im Stich gelassen hätte. Von mir wollte er immer noch was, vergnügte sich aber auch mit anderen. Es gäbe da ein Lokal, meinte er, auf jedem Tisch stünde ein Telefon, und da könne man die Frau, die einem gefällt, einfach anrufen, oder die Frau auch den Mann ihrer Wahl. Wo das Lokal ist, kann ich wirklich nicht sagen, meinte er, du bist so verrückt und gehst da glatt hin. Aydın versucht immer, mich eifersüchtig zu machen. Ich bin halt ein Schürzenjäger, sagte er, das ist meine Natur. Was geht das mich an? Soll er's treiben, mit wem er es will. Mir sind die Hände auch nicht gebunden, ich finde schon einen neuen. Das hab' ich auch meinem Mann gesagt. Jeder hat nur ein Leben. Von nun an werde ich tun, wozu ich Lust habe. Er ist einfach zu dumm, er meint, sie würden sagen, ich bin ein Flittchen! Mein Gott, als ob das eine Rolle spielt! Hab' ich etwa einen Orden dafür bekommen, daß ich fünfzehn Jahre lang eine ehrbare Hausfrau war?«
Fatma sah mich an und schien auf meine Zustimmung zu warten.
»Ja«, sage ich, »jeder ist schließlich für sich selbst verantwortlich.«
Fatma nickt halbherzig, meine Antwort scheint sie wieder nicht ganz zu befriedigen.

»Und dann meine Kinder. Mein Sohn ist sehr sportbegeistert, und meine Tochter macht Ausflüge mit ihren Schweizer Freundinnen. Trotzdem läuft nichts ohne die Mutter: die muß sich um alles kümmern. Dabei will ich gar nicht behaupten, daß ich keine Gewissensbisse hätte. Ich rufe an, wenn ich weiß, daß mein Mann nicht zu Hause ist, sage aber nicht, wo ich bin. Sobald der Junge meine Stimme hört, legt er auf. Sei nicht traurig darüber, sagt meine Tochter, er macht das nur, damit du wieder nach Hause kommst. Er hat ein Foto von dir in der Brieftasche.«

»Die Kinder sind doch hier aufgewachsen«, sage ich. »Geschiedene Frauen werden hier anders betrachtet als in der Türkei. In der Türkei, da ...«

»Nur die geschiedenen Frauen? Ob du nun ledig, verheiratet oder geschieden bist, als Frau, da bist du unter Kontrolle. Früher war das anders. Sogar in Istanbul.«

Ich stelle mir vor, daß Fatma in einem Randviertel von Istanbul aufgewachsen ist.

»Jetzt sieht man in Istanbul nicht einmal mehr Verliebte Hand in Hand auf der Straße. Wenn du mit einem Mann vor der Tür stehst und lachst, glauben die Nachbarn schon, daß du mit ihm ins Bett gehst. Neulich hab' ich was in der Zeitung gelesen, da standen mir die Haare zu Berge. Ein Leserbrief, die Leserbriefe lese ich immer gern. Von einer jungen Frau. Sie war mit ihrem Mann verunglückt und hatte beide Beine verloren, dem Mann war nichts passiert. Sie war für den Rest ihres Lebens zum Krüppel geworden. Du bist noch jung, haben die Verwandten dem Mann gesagt, du kannst nicht dein ganzes Leben mit einer Verkrüppelten zubringen. Laß dich scheiden und nimm dir eine gesunde Frau, sonst bleibst du noch ohne Nachkommen, haben sie gesagt und ihn unter Druck gesetzt. Aber der Mann hat seine Frau in Schutz genommen, hat gesagt, das ist Schicksal, als ich sie heiratete, war sie doch noch nicht verkrüppelt! Der Mann ist doch wirklich in Ordnung, oder? Die anständige Haltung des Mannes richtete die Frau so sehr wieder auf, daß sie sich nach Heimarbeit umsah. Sie fing an, Sachen für die Aussteuer junger Mädchen herzustellen, um sich damit ein Taschengeld zu verdienen, um ihrem Mann nicht auf der Tasche zu liegen. Sie lernte es, den Bräuten die Haare zu legen, du weißt schon, diese Brautfrisuren... Einige übelwollende Nachbarn konnten das nicht ertragen. Weißt du, was sie gemacht haben? Im Viertel gibt's einen jungen Milchverkäufer, der morgens von Haus zu Haus geht und Milch in die Schüsseln vor den Türen gießt. Weil die Frau nicht laufen kann, bringt er ihr die Milch in die Wohnung. Eines Morgens bleibt er ein bißchen länger in der Wohnung, wohl weil die Milchschüssel nicht sauber ist. Eine der übelwollenden Nachbarinnen beobachtet ihn, und als er nicht gleich wieder rauskommt, ruft sie die Polizei, weil da ein Ehebruch begangen würde. Die Polizisten kommen auch sofort und führen die Frau und den Milchverkäufer Hals über Kopf ab. Sie drücken der Frau einen Stempel auf die Hand, du weißt schon, wie man das mit den Bordellfrauen macht. Sie bringen beide in das Krankenhaus für Geschlechtskrankheiten, und sie werden untersucht. Dabei wird aber festgestellt, daß sie keinen Geschlechtsverkehr hatten. Und wenn sie nun morgens mit ihrem Mann geschlafen hätte – wie hätten die dann rauskriegen können, ob sie mit ihrem Mann oder mit dem Milchverkäufer geschlafen hat? Du mußt dir das vorstellen, anderswo schickt man Leute auf den Mond, und bei uns haben sie immer noch nichts Besseres zu tun, als die Frauen zwischen den Beinen zu kontrollieren! Glaub mir, nachdem ich diesen Brief gelesen hatte, da hab' ich einen Entschluß gefaßt. Ich kann dort nicht mehr leben. Bis dahin hatten mein Mann und ich immer gesagt, wir sparen noch ein bißchen und gehen dann zurück. Aber dann ... Jedesmal, wenn ich im Urlaub da bin, kommt mir das Land wieder ein Stück rückständiger vor.«

»Trotzdem sehnt man sich nach der Geborgenheit dort«, sage ich.

»Ja klar, und wie!« sagte Fatma. »Wenn ich zwei Jahre hintereinander nicht hinfahre, drehe ich durch. Ich hab' mich hier noch immer nicht richtig eingelebt. Aber mir bleibt nichts übrig, ich muß mich hier absichern.«

»Arbeitest du?«

»Im Moment gehe ich putzen. Eine sehr vornehme Familie, die Frau hat mir neulich sogar Schokolade geschenkt.«

Mit einer Kopfbewegung zeigt sie auf drei Tafeln Schokolade, die auf dem Regal an der Tür liegen: »Nimm sie deinen Kindern mit, wenn du zu ihnen gehst, hat sie gesagt, und eine ist für dich.«

Fatma streckt die Hand zum Regal aus: »Wollen wir eine essen?«

»Nein danke«, sage ich, »nach den Plätzchen hab' ich keine Lust auf Schokolade.«

Mit Fatma zusammenzusein, gibt mir ein vergessenes Gefühl zurück, das angenehme Gefühl von Nähe. Wie damals in meiner Kindheit, wenn wir mit den Nachbarinnen zusammen ins Dampfbad gingen. Frauen, die meisten dick, die sich zusammen wuschen, einander den Rücken frottierten, sangen, Apfelsinen schälten und auch den anderen im Becken davon abgaben. Die splitternackt unter einer heißen Dampfwolke herumliefen, auf der Marmorplatte nebeneinanderlagen, sich mit schimmelig riechendem Badekraut die Haare unter den Achseln und zwischen den Beinen entfernten, die sich alles erzählten, was bei ihnen zu Hause passierte. Das Lied einer schwitzenden Frau stieg hinauf bis zur gläsernen Kuppel und tropfte in Gesangsfetzen auf uns herunter.

Plötzlich muß ich an Dina denken. Sie war in ihrer Kindheit nicht in das Frauenbad gegangen. Ihre Mutter war Lehrerin. »Ich würde hier Eis verkaufen, wenn ich die Gelegenheit dazu hätte. Als ich in dieser Gasse ein Zimmer suchte, war das eigentlich mein erster Gedanke. Hier kann man mit Eis ein Vermögen verdienen. Im Sommer ist hier der Teufel los. Aber es ist sehr schwierig, eine Konzession zu bekommen. Bis vor drei Jahren bin ich nicht arbeiten gegangen. Die beiden Kolleginnen haben mir Mut gemacht. Es war wirklich schön, früh aufzustehen und auf die Straße zu gehen! Im Sommer stieg ich eine Haltestelle eher aus dem Bus und ging zu Fuß über die Brücke. Die Morgensonne schien mir ins Gesicht und vom Fluß her wehte mir der Wind unter den Rock. Niemand kann so mit Sonne und Wind schmusen wie ich!«
Als es plötzlich an der Tür klingelt, gefriert uns das Lachen auf den Gesichtern und wir sehen einander an. Jeder von uns glaubt, die Klingel gelte ihr. Wahrscheinlich denkt Fatma, ihr Mann habe sie aufgespürt und steht jetzt vor der Tür. Und ich bilde mir ein, Dinas Mann hat mich endlich gefunden. Wir laufen beide ins Badezimmer, strecken die Köpfe aus dem Fenster und sehen zur Tür hinunter. Fatmas rundlicher, warmer Arm berührt den meinen. Wir sind beide sehr enttäuscht, als niemand vor der Tür steht. Aber vielleicht ist er schon im Haus. Aus den Fenstern im obersten Stockwerk und dem Badezimmer im Erdgeschoß verschwinden die Köpfe wieder. Wenn unten geklingelt wird, hört man das in allen Zimmern, und jedesmal strecken alle die Köpfe aus den Fenstern.
Wir bleiben noch eine Weile nebeneinander am Fenster, blikken auf die kleine, schmale, gekrümmte Straße mit dem holperigen Pflaster, die die Niederdorfstrasse mit dem Limmatquai verbindet. Vielleicht hat jemand geklingelt, es sich dann anders überlegt und sich wieder aus dem Staub gemacht? Vielleicht er? Mein Herz schlägt schneller.

»Du?« fragt Fatma, und betrachtet mein Gesicht von nahem. Wir hören einander atmen. »Erwartest du jemanden?«
Ich weiß nicht, was ich ihr antworten soll.
»Ja, aber es ist nicht wichtig, ein Freund...«
»Ein Mann?« fragt Fatma und setzt eine neckische Miene auf.
»Nicht wie du denkst«, sage ich.
Ich will gerade wieder auf mein Zimmer gehen, aber Fatma schiebt mich noch einmal über ihre Schwelle.
»Warte«, sagt sie, »ich muß dir mein Kostüm zeigen. Als ich von zu Hause weggelaufen bin, hab' ich's mitgenommen, mein Lieblingskostüm.«
Sie macht ihren Kleiderschrank auf, holt ein weites, zweiteiliges Kostüm heraus und zeigt es mir. Es ist rot mit grünen Zweigen.
»Darin bin ich einmal in die Türkei gefahren. Damals hatte ich mir die Haare wieder einmal blond gefärbt. Ich bin allein geflogen, mein Mann ist mit den Kindern im Auto nachgekommen. Als ich auf dem Flughafen war, hab' ich plötzlich nicht mehr auf die Zeit geachtet. Zwanzig Minuten hat das Flugzeug auf mich gewartet. Als der Pilot mich in diesem Kostüm sah, bekam er den Mund nicht mehr zu. Ich trug weiße Schuhe mit hohen Absätzen und ganz kurze, hellblonde Haare. Die am Flughafen sind eben dran gewöhnt, daß die Frauen der Arbeiter unauffällig und kleinlaut sind. Gnädige Frau, sagten sie zu mir, die Maschine wartet seit zwanzig Minuten auf Sie! Ich warte schon seit 15 Jahren jedes Mal auf das Flugzeug, sagte ich, nie startet es pünktlich. Nun hat man eben mal auf mich gewartet, das ist doch nicht so schlimm. Der Pilot konnte mir nur noch hinterdreinschauen. Als ich in die Maschine kam, war sie voll von Arbeitern mit ihren Familien. Alle sahen mich plötzlich an wie eine berühmte Schlagersängerin oder eine Schauspielerin.« Sie hält das Kostüm vor sich hin und lächelt so

glücklich, als ob sie es tragen würde. »Ist es nicht ein schönes Kostüm?«

»Doch«, sage ich, »es ist schön. Aber mir würde es nicht stehen.«

»Warum sollte es dir nicht stehen? Rot steht auch dir, du hast schwarze Haare. Du läßt dich ziemlich gehen. Ehrlich gesagt, egal, ganz gleich, wie es mir geht, ich achte immer auf mein Make-up, das bringt mich hoch. Wozu hat Gott die Frauen sonst geschaffen, doch dazu, daß sie sich herausputzen. Meinst du nicht auch?«

8

Die letzten drei Nachmittage habe ich in der Roten Fabrik verbracht. Keine weißen Tischdecken, die man beflecken könnte, keine steifen Kellner, die einen anblicken, als wollten sie sagen, du bist eine Frau, bist allein, und bestellst auch noch ein billiges Essen, und die einen spüren lassen, daß sie Gäste, die nicht allein kommen, lieber sehen. Außerdem liegt die umgebaute Fabrik auch noch am Ufer des Sees.
Ich hole mir Salat und Tee vom Büfett. Auf dem Tresen stehen alle Arten von Salaten, Früchten, Gemüsegerichten. Mit dem Tablett gehe ich zu meinem Tisch neben dem Fenster. Ich habe nicht das Gefühl, daß man mir aufdringlich nachblickt. Die beiden jungen Männer am Nebentisch tragen kleine Ohrringe und spielen Backgammon, ganz so, wie man das in Cafés am Mittelmeer sehen kann. Ein junges Mädchen sitzt schräg auf ihrem Stuhl, strickt und redet auf ihren Freund ein. In der Mitte des Raumes umarmt sich ein Pärchen im Stehen. Ganz langsam streicheln sie sich den Rücken, sie scheinen sehr viel Zeit zu haben und sich deswegen noch inniger zu lieben.
Man könnte glauben, die Rote Fabrik befindet sich weit außerhalb der Stadt. Seit drei Tagen hoffe ich, Dinas Mann hier zu treffen. Da er allein herumstreift und auch in die Mensa geht, müßte er doch auch hier verkehren. Daß Dina auch manchmal in die Fabrik kam, kann ich mir allerdings kaum vorstellen. An der Tür hätte sie bestimmt wieder kehrtgemacht. Mit ihrem eleganten, zweiteiligen Kostüm aus feinem, schwarzem Wildleder, ihren hohen Absätzen, dem geschminkten Gesicht, den gesträhnten Haaren und ihrem zarten Parfüm paßte sie hier

nicht hinein. Ich war in Berlin in Cafés gegangen, wo die meisten jungen Frauen angezogen waren wie Mädchen vom Dorf, die Eier aus dem Stall holen wollten, und die Männer an Schafhirten erinnerten. Bei genauerem Betrachten hatte man das Gefühl, die Mädchen wußten nicht einmal, wie man Eier kocht, und die Schafhirten hatten Mühe, bei ihren Tieren den Kopf vom Schwanz zu unterscheiden. In diesen Lokalen hätte ich getrost den Kopf auf den Tisch legen und schlafen können, wenn ich müde war, und niemandem wäre es komisch vorgekommen, wenn ich mir einfach die Schuhe ausgezogen hätte.

»Wir haben genug!« Am Ufer des Sees wurde eine große Plakatwand bemalt. Fünf Männer mit zerzausten Haaren, in Baumwolljacketts und schmutzigen Hosen.

Einige Gesichter kenne ich inzwischen. Die junge Inderin sitzt wieder an der Bar. Den zarten Rücken gekrümmt, sitzt sie da, trinkt Rotwein und raucht eine Zigarette nach der anderen. Die langen schwarzen Haare reichen ihr bis zu den Schultern, ihr Gesicht wirkt verzweifelt. Sie macht den Eindruck, als blicke sie durch ein Fenster in weite, unerreichbare Ferne. Warum kommt sie nur Tag für Tag hierher und setzt sich stets auf denselben Platz, obwohl sie sich hier offensichtlich nicht wohl fühlt? Ist die Rote Fabrik der einzige Ort, an dem sie in ihrer melancholischen Stimmung Zuflucht suchen kann?

Während ich in der Roten Fabrik mit den vielen Plakaten von Filmen und Konzerten an den Wänden dasitze, Rockmusik vom Tonband höre und meine Eindrücke in mein Heft schreibe, spüre ich, wie jemand sich an meinen Tisch setzt. Ich muß nicht aufblicken, um zu wissen, daß es ein Mann ist. Er riecht nach Alkohol und Einsamkeit. Ich schreibe meinen Satz zu Ende und blicke hoch. Ein blasses, rundes Gesicht mit hellgrünen, halbgeschlossenen Augen, die mich schelmisch und verschämt mustern. Bereit, Kontakt aufzunehmen. Ich erschrecke und wende den Kopf zum Fenster. Wenn sich anstelle dieses jungen Mannes, der sich anschickt, mir freundlich zuzulächeln, Dinas Mann zu mir gesetzt hätte: Ich merke, wie diese Vorstellung mich erregt. Das Gesicht eines Mannes, der nicht vor lauter Einsamkeit ratlos ist, der eine Frau ebenso wie sich selbst mit Abstand betrachten kann. War es vielleicht das gewesen, was Dina zu ihm getrieben hatte? Mir gelingt es schon seit langem nicht mehr, mich zu verlieben. Männer, die mich verführen wollen, machen mir Angst, und ich selbst bilde mir ein, daß ich dem Mann, den ich verführen will, verdächtig vorkommen müsse. Dina dagegen war es gleichgültig, was Männer über sie dachten. Laufe ich deshalb zum ersten Mal in meinem Leben hinter einem Mann her? Und erfinde mir dazu die Ausrede: Angeblich will ich das Rätsel um Dinas letzte Jahre in Zürich ergründen.

Ohne zu wissen, zu welchem Satz sich mein Kuli aufmachen würde, beuge ich mich wieder über mein Heft. Ein Klicken, ein schwacher, grünlicher Lichtschein fällt mir aufs Gesicht und auf das Geschriebene, dann leises Klappern. Ich blicke auf: ein kleiner Bildschirm, ein Computer. »Ich gehe meine Verabredungen durch«, sagt der Mann an meinem Tisch im Deutsch eines Deutschen.

»Deine Verabredungen? Mit dem Computer?«

Als er sieht, daß ich erstaunt bin, strahlt sein blasses, rundes Gesicht vor Vergnügen. Er rückt an meine Seite und stellt den kleinen Computer vor mich hin. Auf dem Bildschirm Namen, Adressen, Termine.

Da er so viele Verabredungen hat, kann er wohl kaum einer sein, der hinter neuen Bekanntschaften her ist, denke ich und korrigiere mein Vorurteil über ihn.

»Ist ein kleines Notizbuch nicht praktischer, um Verabredungen aufzuschreiben? Das wiegt doch viel weniger als ein Computer.« Für einen Moment legt er mir seine rundliche, warme Hand auf den Arm und lacht. Dann schlägt er mit den Fingern auf die Tasten und plötzlich erscheint ein Text auf dem Bildschirm: »Geliebte Schwarze Dame!«

Ich sehe ihn an, um nicht den Text zu lesen, es scheint ein Brief zu sein.

»Ich heiße Thomas«, sagt er, als sei ihm das plötzlich wieder eingefallen.

Auch ich sage ihm meinen Namen. Daß ich Türkin bin, scheint ihn nicht zu wundern, ja, es scheint ihn sogar zu freuen. Er zeigt wieder auf seinen Computer: »Ich schreibe der Schwarzen Dame, Tag für Tag. Sie ist der einzige Mensch, der mich versteht, und ich erzähle ihr alles.«

»Bist du mit der Schwarzen Dame befreundet?«

»Ja, vielleicht ist sie sogar meine beste Freundin, aber sie wohnt sehr weit weg. Weit entfernt von unserer dämlichen Zivilisation! Deshalb versteht sie auch alles, was ich ihr erzähle. Ich schreibe ihr jeden Tag. Ich berichte ihr von allen Menschen, die ich kennenlerne, und von allem, was ich erlebe. Heute habe ich ihr von meiner älteren Schwester erzählt.«

»Lebt deine Schwester in Deutschland?«

»Sie ist in Afrika gestorben«, sagt Thomas und starrt an mir vorbei ins Leere. Er lächelt abwesend: »Meine Schwester ist nach Afrika gegangen und hat sich das Leben genommen, sie war Jahrgang 40.«

Ich lehne mich etwas zurück und blicke zu Boden. Ich muß an die deutschen Frauen denken, die im Zweiten Weltkrieg Kinder waren und sich noch an die Bomben und die Luftschutzbunker erinnern können. Die meisten schienen sich trotzig dagegen zu wehren, eine nicht gelebte Kindheit zu vergessen. Aus irgendwelchen Gründen waren sie geschieden oder nie verheiratet gewesen. Wenn es um den Vater ging, erklärten sie, der sei aus

dem Krieg nicht zurückgekommen, und wenn er noch lebte, so verabscheuten sie ihn, während sie ihren Müttern gegenüber eine Mischung aus Mitleid und Empörung empfanden. Bei jedem Knall fuhren sie zusammen.
Thomas und ich haben seine Karaffe Weißwein zusammen geleert, und ich erzähle ihm, daß ich in Zürich das Rätsel um Dina K.s Leben und ihren Tod lösen wolle, und daß ich hoffe, ihrem Mann zu begegnen, der meine Neugier angestachelt hat, indem er mich versetzte.
»Oder glaubst du womöglich«, fragt Thomas, »daß er seine Gefährtin umgebracht hat?« Ich erschrecke bei dem Gedanken. »Nein, niemals, auf den Gedanken wäre ich niemals gekommen«, sage ich und merke, wie diese Frage mein vom Alkohol getrübtes Bewußtsein gefangennimmt. Thomas wartet darauf, daß im hinteren Teil des Saals das Konzert beginnt. Ich aber will nach Niederdorf zurück.
»Vielleicht kommt er ja zu dem Konzert heute abend«, sagt er. Ich frage mich, wo Dinas Mann wohl seine Abende verbringen würde. Ich nehme nicht an, daß er zu einem Rockkonzert in die Rote Fabrik kommt, wohl schon deshalb nicht, weil er in Trauer sein müßte. Oder lebt er jetzt womöglich mit einer anderen Frau zusammen? In einer stillen Straße, in einem Haus mit Blick auf den See?
Thomas klappt seinen Computer zu: »Den hab' ich immer dabei, selbst im Urlaub am Strand.«
»Briefe, ein Briefroman?«
»Ein Roman!« Thomas läßt seinen glasigen Blick über die Tische schweifen. »Den Ehrgeiz habe ich nicht, ich bin Musiker. Ich hab' lange Gitarre gespielt, in verschiedenen Bands. Auch hier, in der Roten Fabrik.«
»Spielst du etwa auch heute abend beim Konzert mit?«
»Ich spiele keine Gitarre mehr, ich komponiere. Mit dem da.« Er zeigt auf seinen Computer.

»Was der alles kann!««
»Ohne ihn könnte ich gar nicht leben.«
»Aber Gitarre kannst du ohne ihn spielen.«
»Ich kann nicht mehr spielen.« Erst jetzt bemerke ich, daß seine rechte Schulter herabhängt und der Arm verstümmelt ist.
»Ein Motorradunfall.«
Während ich noch überlege, wie ich mich verhalten soll, was ich jetzt sagen könnte, steht Thomas auf:
»Der Kellner ignoriert uns. Willst du was essen? Ich möchte dich einladen.«
»Nein, danke, ich habe keinen Hunger.«
»Hältst du etwa auch Diät wie die zerbrechlichen deutschen Mädchen?«
»Was hat das mit den Deutschen zu tun?«
»Das ist eine alte Gewohnheit hier, diese Magersucht, sie stammt noch aus den Konzentrationslagern.«
Thomas sagt das, als kaute er auf etwas Bitterem herum. Mit seiner leicht hängenden rechten Schulter auf dem gedrungenen, rundlichen Körper geht er zwischen den Tischen und herumstehenden Gästen hindurch zum Tresen.
Mit achtsamen Schritten, bei denen er seine rechte Schulter vor jeglicher Berührung zu schützen scheint, kommt er zurück und setzt sich mir gegenüber an den Tisch. Er klappt den Deckel seines Computers wieder hoch: »Ich muß mal in meinen Terminkalender sehen. Wann und wo wollen wir uns treffen?«
»Du hast anscheinend viele Freunde in Zürich.«
»Ja, das stimmt. Ich bin fast jeden Tag verabredet.«
Warum ihm trotz so vieler Verabredungen nur die Einsamkeit wie eine Fieberkrankheit vom Gesicht abzulesen ist?
Der Kellner kommt mit einem Teller gemischtem Gemüse und einer kleinen Karaffe Weißwein an den Tisch.

»Kann ich gleich zahlen? Das Konzert fängt bald an«, sagt Thomas zum Kellner.
Der hochgewachsene, junge Kellner mit einer hellbraunen Locke auf der Stirn stellt ihm das Essen hin und erwidert kühl: »Nun treib mich bloß nicht an, wir sind hier nicht in Deutschland.«
Thomas blickt auf seinen Teller und schweigt. Ich frage mich, ob er gespürt hatte, daß auch ich Ausländerin bin, als er sich zu mir setzte.
Er schenkt mir nach und prostet mir lächelnd zu.
Mir ist nicht klar, welche Macht dafür gesorgt hat, daß ich zum Fenster blicke. Draußen in der Dämmerung sehe ich einen Schatten aus den Wassern des Sees steigen. Es ist Dinas Mann.
»Einen Moment«, das ist alles, was ich sage. Als ich aufspringe, dreht sich mir der Kopf, ich verspüre eine Angriffslust in mir, die alle Hindernisse beseitigen wird. Wütend auf alle, die mir im Wege stehen, laufe ich zur schweren Holztür und öffne sie. Fragend richte ich meine Augen auf den See. War es nur ein Traum?
Auch Thomas kommt an die Tür. »Was ist los, ist dir schlecht?« Er legt vorsichtig den Arm um mich.
»Oder suchst du den Schwarzen Mann?«
Ich mag auf seine Frage keine Antwort geben.
»Gehst du mit mir ins Konzert?« fragt er.
»Nein, ich muß zurück in mein Zimmer.«
»Dann gib mir deine Adresse. Ich muß wissen, wo ich dich finden kann.«
Mein Kopf ist mit etwas anderem beschäftigt, trotzdem gebe ich Thomas meine Anschrift. Ich habe nicht die Zeit, darüber nachzudenken, was er wohl von mir will.

9

Auf dem Weg zur Haltestelle bilde ich mir ein, daß jemand mich einholt und am Arm packen will. Dinas Mann! Mit ihm im Dunkeln und wenn es heftig regnet, zusammenzutreffen, das paßt gut zu den geheimnisvollen Empfindungen, die er in mir hervorgerufen hat.
Als ich fast bei der Haltestelle bin, bemerke ich den Schatten eines kleinen, schmächtigen Mannes und laufe langsamer. Im Schein der Straßenlaterne kann ich erkennen, daß er einen zerlumpten, schwarzen Anzug und einen durchnäßten, verbeulten Filzhut trägt und einen ungeöffneten Schirm in der Hand hält. Mit dem Schirm stochert er in den Blättern der Bäume herum, er scheint etwas zwischen ihnen zu suchen und herunterholen zu wollen. Er stellt sich auf die Zehenspitzen und schüttelt den Schirm aus. Ich bleibe stehen und blicke mich um. Auf dem Bürgersteig gibt es kein schützendes Dach, unter dem ich hätte Zuflucht finden können, und zurück in die Rote Fabrik will ich nicht. Ich ärgere mich über Thomas, weil er mich mit dem Bild von der Schwarzen Dame abgelenkt hat. Wäre er nicht an meinen Tisch gekommen, dann hätte ich zum See hinübergeschaut und Dinas Mann rechtzeitig entdeckt. Vielleicht hat mich Dinas Mann auch gerade in dem Augenblick gesehen, als ich mit Thomas lachte, vielleicht ist er eine Zeitlang stehengeblieben und hat mich beobachtet. Und ist erschrocken, als er merkte, daß ich ihn gesehen habe. Wahrscheinlich muß er, wenn er mich sieht, an Dina denken.
Ich trete ein paar Schritte näher an die Haltestelle heran. Der zerlumpte Mann entschließt sich, nicht weiter in den Blättern

herumzustochern, und kommt mit kleinen, gemessenen Schritten auf mich zu.

»Verzeihen Sie meine Kühnheit, gnädige Frau.«

Er lüftet seinen Filzhut und verneigt sich vornehm. »Ja, Sie wünschen bitte?« Ich sehe ihm direkt ins Gesicht.

Er mustert mich eine Zeitlang mit dem Blick eines neugierigen Kindes.

»Darf ich Ihnen meinen Schirm schenken?« fragt er und hält mir den schwarzen Schirm hin.

»Aber nein, vielen Dank, den brauchen Sie doch selbst.«

»Nein«, sagt er, »ich bin mit der Arbeit fertig. Die Blätter. Ich hab' sie abgestaubt, sie waren schmutzig gewesen.«

Seine Stimme klingt gefühlsüberladen. Nach einer Weile sagt er: »Dann will ich Ihnen etwas anderes schenken. Möchten Sie ein Feuerzeug? Oder eine Zigarette? Geben Sie mir zwanzig Rappen dafür? Nur zwanzig Rappen.«

Mir zittern die Hände, als ich in meiner Handtasche nach Kleingeld suche.

»Gewiß«, sage ich, »bitte sehr.«

Er nimmt die Münze und zieht eine kleine, lederne Geldbörse aus der Tasche. Die Hände in den durchlöcherten, schwarzen Handschuhen zittern ihm. Er steckt die Geldbörse wieder ein und spannt den Regenschirm auf.

»Haben Sie bitte keine Angst vor mir!« Er kommt näher an mich heran und hält den Schirm über mich.

»Wovor sollte ich Angst haben«, sage ich.

»Dann kommen Sie unter den Schirm.«

Er schiebt den abgemagerten, zittrigen Körper halb unter den Schirm und gibt sich Mühe, mir nicht zu nahe zu kommen.

»Verzeihen Sie meine Kühnheit, gnädige Frau, aber falls Sie keine Bleibe haben, so könnte ich etwas für Sie finden. Ich wohne im Asyl für obdachlose Männer und könnte auch Ihnen ein Bett besorgen. Sogar einen Napf warmes Essen gibt man Ihnen da.«

»Vielen Dank. Ich habe ein Zimmer in der Stadt.«

»Was, Sie haben ein Zimmer?« fragt er und ist erstaunt. »Ein Zimmer, ein eigenes Zimmer?«

»Ja, ich hab's gemietet.«

»Verstehen Sie mich bitte nicht falsch, meine Dame. Ich erwarte nichts Materielles von Ihnen. Aber könnten wir uns nicht in ein Café setzen und ein wenig miteinander reden?«

»Vielen Dank, aber ich bin sehr müde.«

»Dann morgen? Wo treffen wir uns?«

»Morgen fahre ich vielleicht nach Deutschland zurück.«

»Ach, wie schön! Sie leben also in Deutschland. Meine Mutter ist Deutsche. Auch ich spiele mit dem Gedanken, bald nach Deutschland zu fahren. Ich will mir nämlich ein Radio kaufen. Ich habe gehört, Radios sind dort billiger, stimmt das?«

»Ja«, sage ich, ohne nachzudenken, »das stimmt.«

»Meine Mutter ist leider sehr krank, sie kann sich nicht mehr um mich kümmern. Sie verstehen schon?« Er legt den Finger an die Stirn.

Der Autobus kommt.

»Bitte sehr«, sagt er und läßt mich vor. Im Bus setzt er sich nicht zu mir, sondern hockt sich auf die leere Bank daneben. Außer uns ist nur vorn noch ein anderer Fahrgast. Er beugt sich über den Gang zu mir herüber und fragt nochmals: »Was darf ich Ihnen schenken? Wollen Sie meinen Schirm wirklich nicht?«

»Nein, ich möchte wirklich nichts.«

»Und wenn ich eine Bitte an Sie hätte?«

»Bitte sehr.«

»Sie haben doch bestimmt Kassetten mit deutschen Schlagern. Könnten Sie mir vielleicht eine davon verkaufen? Ich möchte sie meiner Mutter vorspielen. Meine Mutter mag deutsche Schlager sehr gern.«

»Leider habe ich aber überhaupt keine Kassetten dabei. Ich bin nur für ein paar Tage in Zürich, ich hatte hier was zu erledigen.«

»Sehr schön, aber wenn Sie Hunger haben, bringe ich Sie gern ins Obdachlosenasyl.«

An der Haltestelle Bellevue läßt er mich demonstrativ zuerst aussteigen. Ich will mich gerade von ihm entfernen, da streckt er mir die Hand entgegen. Als ich den zerfetzten, durchnäßten Handschuh mit der schwächlichen, kleinen Hand berühre, erschrecke ich noch heftiger als in dem Augenblick, als ich den Mann entdeckte. Er riecht nach Fäulnis, Feuchtigkeit und Einsamkeit.

»Gnädige Frau, wollen wir uns wirklich nicht noch einmal treffen?« fragt er dem Weinen nah.

»Nein«, sage ich und wundere mich über die entschlossene Härte in meiner Stimme, »leben Sie wohl.«

Ich gehe zur anderen Straße hinüber. Eine Zeitlang mag ich mich nicht umdrehen. Erst als die Brücke schon ziemlich weit hinter mir liegt, blicke ich mich um. Die Beine übereinandergeschlagen und den Schirm ungeöffnet neben sich, sitzt er im heftigen Regen ruhig auf einer Bank, als schiene die Sonne und als säße er in einem Park.

10

In der Zentralbücherei entdecke ich ihn plötzlich an einem Tisch am anderen Ende des neonbeleuchteten, großen Lesesaals mit den hohen Säulen. Ich warte eine Weile, ob er aufblikken, mich bemerken und grüßen wird, und will dann zu ihm hinübergehen. Ich werde hingehen, mich zu seinem Ohr hinabbeugen und sagen, daß ich draußen auf dem Flur auf ihn warte. Er sitzt da, die Hand an der leicht vorstehenden, breiten Stirn, liest in einem Buch, das vor ihm liegt, und notiert sich ab und zu etwas mit einem Füller. Mein Gesicht beginnt zu glühen, und ich fühle mich wie vor einer Prüfung. Benimm dich wie Dina, wispere ich mir zu, scher dich nicht um das, was der andere denken könnte. Stehe zu deinem Wunsch, stehe zu deiner Neugier und verteidige sie, so wie Dina.

»Niemand kann mich davon abhalten, das zu tun, wozu ich Lust habe«, schrie Dina von ihrem schweren Sessel aus. Ihre korpulente Mutter mit den rotgefärbten, eingelegten Haaren und die ältere Schwester, sie hatte ein strenges Gesicht, sahen sie schweigend und geduldig an. Ich saß auf dem Sessel Dina gegenüber. Durch das Fenster hinter mir fiel ein staubiger Sonnenstrahl auf Dinas nackte, glatte, sonnenverbrannte Beine, die sie trotzig auf den Perserteppich mit dem blauen Muster gesetzt hatte. Ich konnte ihren weißen Seidenschlüpfer sehen. Wie verschieden doch diese Dina war von der, die ich in der Galerie traf und die am Bosporus neben mir ging! Ein launisches, kleines Mädchen.

»Ich werde losgehen, mir einen Mann suchen, der mir gefällt, und ihn hierher mitbringen.« Die Mutter drückte ihre »Salem« im Aschenbecher aus. Auf ihren Lippen war noch Rouge vom Vorabend. Mit der Stimme einer Mutter, die das ewige Erziehen müde ist, sagte sie: »Dies Haus ist kein Bordell.«

»Ein Bordell nicht, aber langweilig«, sagte Dina in spöttischer Empörung.

»Such dir einen neuen, einen, der zu dir paßt, und heirate ihn«, sagte die Mutter und drehte ihr feistes Gesicht zum Fenster.

»Tekin etwa, wenn du den herumbekämst. Ihr paßt genau zueinander«, sagte die Schwester sachlich und laut, die Hände vor der Brust verschränkt.

»Nein«, sagte Dina, »ich mag keine melancholischen Intellektuellen. Von so einem habe ich mich gerade scheiden lassen! Verlieben, und wenn man sich satt hat, in den nächsten! Niemand kann mich davon abhalten, so zu leben, wie ich es möchte.«

»Solange du mit uns unter einem Dach wohnst, nein«, sagte ihre Mutter. Dina ließ sie nicht ausreden. Sie drehte sich zu mir und sagte: »Ich werde mit ihr zusammenziehen. Sie will sich von ihrem Mann trennen. Sie versteht mich.«

»Ach was, Unsinn«, sagte die Mutter, »sie ist doch eine vernünftige Frau!«

Ich sah Dina an und lächelte, als wollte ich sagen: »Ja, ich verstehe dich.«

Dinas ältere Schwester räumte den Frühstückstisch in der Ecke des Wohnzimmers ab: »Bringst du die Teller mit?« fragte sie mich. Ich stand auf, nahm die Teller vom Tisch und brachte sie nach hinten in die Küche. Während wir zusammen abtrockneten, flüsterte mir die Schwester zu: »Hör bloß nicht auf Dina, geh zu deinem Mann zurück und bring dein Kind zur Welt. Setz nicht dein Glück aufs Spiel!«

Immer noch den Kopf auf den Ellbogen gestützt, hält er inne und sieht zu mir herüber. Unsere Blicke treffen sich, meiner und der von Dinas Mann. Ich lächle. Er sieht mich an, als erkenne er mich nicht. Seine kalten, blauen Augen erschrecken mich. Mir fällt mein Mann ein, an den ich schon jahrelang nicht mehr gedacht habe. Sein stets lächelndes, braungebranntes, fleischiges Gesicht. Zum ersten Mal wird mir deutlich klar, daß ich die Trennung von ihm nie bereut habe.

In meinem Einkaufskorb ein Pfund kleingewürfeltes Hammelfleisch, Auberginen, ein Kürbis, grüne Bohnen und in der schwarzen Ledertasche, die ich über der Schulter trage, das Zensurenheft und die französische Grammatik. Ich ging durch die holprige Gasse nach Hause. Mein Gesicht war jederzeit zu einem Lächeln bereit. Schüler, denen ich auf der Straße begegnete, Mütter von Schülern, der Krämer an der Ecke, der Kurzwarenhändler, der Milchmann, der Standesbeamte, die Frau des Arztes, allen lächelte ich zu, wenn ich sie grüßte. Und alle fanden es gut, daß ich mit einem Einkaufskorb, mit der umgehängten Ledertasche, in schwarzen Schuhen mit klobigen Absätzen, die Hüften gemessen in Bewegung wie eine Frau, die einen anständigen Mann hatte, von der Schule auf dem Weg nach Hause war. Das Kostüm ließ nicht erkennen, daß ich im dritten Monat schwanger war. Aber sie wußten es, hatten es daran gemerkt, daß ich mich häufiger an meinen Mann anlehnte, wenn ich mit ihm untergehakt ging, daran, daß mir im Familienrestaurant das Reisfleisch plötzlich doch nicht schmeckte, während meinem Mann der Appetit nicht verging, oder daran, daß ich mir nicht mehr genüßlich Rot auftrug, sondern meine Lippen einfach blaß ließ. Der aufreizende erotische Glanz der ersten Monate nach der Hochzeit war aus meinem Gesicht verschwunden und hatte seinen Platz einer

seligen Müdigkeit freigemacht. Die Menschen, die mir begegneten, schienen mich herzlicher zu grüßen, als hätten wir beschlossen, uns von nun an ein Leben lang zu grüßen. Erst ein Säugling im Arm, ein Kind an der Hand, dann zwei Kinder und eines Tages, wenn meine Beine längst dick geworden waren, führe ich vielleicht meinen Enkel im Kinderwagen spazieren. Bis meine hochgesteckten schwarzen Haare schneeweiß geworden sind.
Mit meinem Einkaufskorb und der dreimonatigen Schwangerschaft ging ich grüßend weiter, und mein Leben kam mir wie ein Buch vor, das bereits bis zum letzten Satz niedergeschrieben war. Wie konnte ich aber den ersten Satz eines Buches schreiben, wenn mein Leben schon bis zum letzten Satz niedergeschrieben war? Der Wunsch zu schreiben saß wie eine Schlange in mir, die züngelnd den Kopf erhob. Nur wenn es mir gelang, so kam es mir vor, das Leben, das ich führte, mit Gift auszurotten, würde ich schreiben können.
Ich stellte den Einkaufskorb auf den Boden und schloß die Tür auf. Wie schön es war, den Schlüssel ins Schloß zu stecken! Unser Wohnzimmer.
Wir hatten gut daran getan, uns die dunkelrote Sitzgarnitur zu kaufen. Mußte immer ich es sein, die die Asche aus dem Ofen entfernte? Warum konnte er sich nicht vorstellen, daß auch ich es warm haben wollte, wenn ich von der Schule kam? Aber nach dem Essen würde er das Geschirr spülen. Er war anders als der anatolische Mann. Er hatte Anatolien verlassen, auf der Universität studiert und mochte es, wenn ich ihm in dem roten Seidenkleid die Tür öffnete und ihn mit einem Kuß auf die Lippen begrüßte.
Das Hammelgulasch war aber lecker! Wollen wir uns hinlegen?
Demnächst kaufen wir ein Kinderbett. Woher kam nur dieses

Gefühl der Leere in mir, wo doch unser Leben immer kompletter wurde? Wo wir immer mehr Sachen bekamen, meine Tage erfüllt waren von Hausaufgaben der Schüler, französischer Grammatik. Es gab keine Leere in meinem Leben! Die Waschmaschine war bald abbezahlt, aber warum überkam mich nur auf dem Zypressenweg plötzlich das Weinen, wenn wir vom Picknick am Fluß zurückkehrten wie die anderen Familien auch? Daß ich meinen Mann nicht mehr liebte, das hatte Dina eher bemerkt als ich, damals, als wir uns kennenlernten. Er hatte mich mit seinem lächelnden Gesicht und seiner einnehmenden Art, die keinen Raum, keinen Abstand zwischen uns zuließ, in die Eintönigkeit der Provinz verpflanzt, und Dina hatte sofort gespürt, daß auch ich nach einem anderen Weg suchte.
Ich blicke auf. Mit Entsetzen stelle ich fest, daß der Platz, an dem Dinas Mann gesessen hat, leer ist. Auf dem Tisch liegen ein schwarz eingebundenes Buch und ein Stapel blauen Papiers, aber die Lederjacke ist nicht mehr da. Mit zitternden Händen nehme ich einen Zettel aus der Handtasche und schreibe eilig eine Nachricht: »Ich warte auf Sie im Café Zähringer.«
Ich stehe auf, hänge mir die Tasche um die Schulter und gehe hinüber, um ihm den Zettel auf den Tisch zu legen. Ich achte nicht auf die Blicke der Leute an den Tischen, ich trotze ihnen und lasse meine Nachricht auf dem Stapel blauen Papiers zurück. Auf dem obersten Blatt nehme ich nur einen Schriftzug wahr: Immanuel Kant.

Café Zähringer. Rohe Holztische, einfache Stühle, Rockmusik. An den Wänden Poster der Grünen, Plakate, auf denen die Änderung des Ausländergesetzes gefordert wird, feministische Aufrufe, Wohnungsgesuche, Flohmarktangebote. Pastellfarbene Baumwollpullover, Halstücher aus weichem Musselin, die meisten lesen in Zeitungen oder Zeitschriften. Zwei junge

Mädchen löffeln Muesli aus weißen Schalen und essen dickes, in Scheiben geschnittenes Brot dazu.
Ich sitze am Fenster und halte die Straße im Auge, die von der Zentralbücherei zum Café Zähringer führt, den Platz vor der Kathedrale, den Bürgersteig. Ich male mir aus, wie er in die Bücherei zurückkommt, auf dem Tisch meine Nachricht vorfindet und sich auf den Weg ins Café macht. Ich muß mich beherrschen, bis er hereinkommt und an meinen Tisch tritt, ich will ihn gelassen und unbekümmert begrüßen, als hätten wir eine geschäftliche Verabredung, und mir nicht anmerken lassen, daß ich unsicher und gekränkt bin. Als ich auf dem gegenüberliegenden Bürgersteig zwei Männer mit kräftigen Schnurrbärten entdecke, einer im dunkelblauen, der andere im olivgrünen Parka, komme ich mir wie ertappt vor. Immer, wenn ich hier bin, treffe ich auf einige von ihnen, sie sitzen immer am selben Tisch und unterhalten sich laut auf türkisch oder starren alle in die gleiche Richtung. Ich nehme an, daß es Asylanten sind, die aus den Kleinstädten und Dörfern Anatoliens hier Zuflucht gefunden haben. Junge Politische, die ihren Schmerz hinter dem Stolz verbergen.
Als ich nach meinem Entschluß, nicht nach Istanbul zurückzugehen, in Kreuzberg zu sieben jungen Deutschen in die Wohngemeinschaft gezogen war, verbrachte ich die Nachmittage zumeist im Volkshaus. In der kleinen Küche brodelte den ganzen Tag der Samowar, es roch nach Zwiebeln und Bohnen, und aus dem Saal, in dem Stühle und Tische aufgereiht waren wie in einer Dorfschule, kamen die Klänge einer Saz. Männer, die im Handumdrehen miteinander scherzten, ein paar Frauen mit Strickzeug oder Kindern, zu denen die Männer »Schwägerin« sagten ... Bis zum Mittag blieb ich in der Wohngemeinschaft und schrieb meine ersten Eindrücke von Berlin nieder, dann ging ich ins Volkshaus.

In Kreuzberg kam ich mir manchmal vor wie eine Istanbuler Intellektuelle, die man in eine entlegene anatolische Kleinstadt verbannt hat.

Dinas Mann auf den Stufen zur Zentralbücherei! Ich erkenne ihn, obwohl es schon dämmert. Ich komme mir unordentlich und zerzaust vor und ziehe meinen Taschenspiegel heraus. Wie sehe ich aus? Bin ich schön? Ich wundere mich plötzlich selbst über diese Besorgnis. Etwa eine Viertelstunde später fühle ich mich statt dessen nur verlassen.

11

Der Meditationsleiter ist breitschultrig und muskulös wie ein Bademeister. Er legt die Kassette ein, fängt an, sich wie ein klingelnder Wecker zu schütteln, und alle machen es ihm nach. Ich schließe die Augen, eine Weile bin ich wie gelähmt, aber dann beginne auch ich zu zittern. Auf das Meditationszentrum bin ich durch Zufall gestoßen, nachdem ich das Café Zähringer verlassen und mich der Wind der Enttäuschung wie ein Schnipsel Papier durch die Straßen gewirbelt hatte.

Im Kellerraum mit dem Parkettfußboden und der niedrigen Holzdecke kommt es mir vor, als hätten wir uns von der Erdoberfläche in die Tiefe begeben und versuchten dort, uns der Last, die wir uns oben aufgebürdet haben, zu entledigen. Bei der indischen Musik im zweiten Teil der Meditation muß ich weinen wie ein Kind, das sich verlaufen hat und Angst hat, nicht wieder nach Hause zu finden. Vielleicht weint auch das Kind in mir, weil es sich verlaufen hat, aber auch, weil es nicht wieder nach Hause will.

Irgendwann schlage ich die Augen auf und sehe einen vollbärtigen Mann in weißem Unterhemd und schwarzen Shorts vor mir. Er schlägt mit seinen mageren Armen um sich, als wolle er sich gegen einen Angriff verteidigen. Seine Augen sind geschlossen.

Im dritten Teil der Meditation fordert der Leiter uns auf, Wolldecken auszubreiten und uns hinzulegen. Er hat noch nicht zu Ende gesprochen, schon nehmen sich alle von den Decken, die an der Wand aufgestapelt sind. Wir legen uns hin. Mir brennt die Haut und doch fühle ich mich von jedem

Schmerz befreit. Ich möchte schlafen. Nicht nach draußen gehen, niemanden aufsuchen. Dina vergessen. Plötzlich formt sich ein Satz in meinem Kopf: »Jeder muß die Antwort in sich selbst finden und sich von allen früheren Antworten fernhalten.«
Ich höre die Bodenbretter knirschen. Der Leiter und eine Frau mit blondem Bubikopf und rundlichen Beinen liegen zusammen auf der Wolldecke, sie umarmen sich. Es sieht nicht nach der Umarmung zweier Liebender aus, ist aber auch anders als die zweier Geschwister. Wie eine noch nicht erprobte neue Art, sich zu umarmen. Nahsein, aber ohne Erregung.
Als ich die Augen wieder schließe, fühle auch ich mich bereit für einen anderen Körper. Das Verlangen, sich an einen anderen Menschen zu schmiegen, ganz so, wie es ein Mensch empfindet, der gerade aus dem Gefängnis gekommen ist. Ich möchte mich an ihn schmiegen! Wie schön wäre es, ihn hier zu treffen!
Sie gehen nach hinten, und ich beobachte sie. Ich hüte mich, Fragen zu stellen. Sonst könnten auch sie mir Fragen stellen. Wie verwirrend es für sie ist, hier einer Türkin zu begegnen!
Wir stehen unter der Dusche. Ich betrachte sie und mich selbst wie einen Stummfilm. Nackt. Wir halten unsere Gesichter dem Wasser entgegen und bemühen uns, einander nicht in die Augen zu sehen. Wenn sich unsere Blicke zufällig treffen, erstarren sie sogleich, als würden sich Leute, die Blinde spielen, in die Augen sehen: »Wir waren nackt, haben uns aber nicht wahrgenommen.«
Ich sehe den mageren Mann mit dem Vollbart unter der Dusche neben mir. Auch wenn er die Aufen offenhält, wirkt er wie im Tiefschlaf. Auf der Bank sitzt ein Mädchen mit schneeweißer Haut und langen, zarten, blonden Haaren. Sie lehnt mit dem Kopf an der Wand und ruht sich aus. Einen Fuß hat sie auf die

Bank gestellt. Ihr spärlich behaartes, kleines Geschlechtsteil sieht aus, als befände es sich nicht am Körper einer Frau, sondern in einem Glasgefäß im Regal eines Labors.

Wir sitzen zu sechst oben in der Halle beim Eingang. Wir sind bekleidet und entspannt. Alle außer mir sprechen Schweizerdeutsch und trinken Tee.
»Wo ist der Tee?« frage ich den mageren Mann mit dem Vollbart, »ich möchte auch Tee haben.«
»Da, du kannst dir nehmen.«
Er zeigt auf den Tisch in der Ecke. Wenn ich in der Türkei einen Mann gefragt hätte, wo Tee ist, er wäre aufgesprungen und hätte mir welchen gebracht. Allerdings könnte ich dort wohl kaum neben einem unbekannten Mann duschen! »Eine Frau, die sich mir nackt zeigt, hat kein Recht, sich zu verweigern«, würde er denken. Wie frei, aber wie traurig ich dagegen hier in Zürich bin!
»Woher stammst du?«
Da ich ihn gefragt habe, wo der Tee steht, darf er mich auch fragen, woher ich komme.
Die anderen fünf reden schnell aufeinander ein, jetzt verlangsamen sie ihr Tempo, dann werden sie still und blicken verstohlen zu mir herüber.
»Ich komme gerade aus Indien zurück. Es ist für mich nicht einfach, wieder in Zürich zu leben. Fällt es dir nicht schwer, hier zu leben?«
Ich bilde mir ein, ich könnte ihm alles erzählen.
»Kommst du mit raus?« fragt er.
»Tschau, tschau!« An der Tür drehen wir uns um und winken den anderen zu. »Tschau!« rufen auch sie.
In doppelter Seelenruhe – weil sie Schweizer sind und weil sie meditiert haben.

»Nach der Meditation knurrt mir der Magen«, sagt er, während wir zur Bushaltestelle gehen, »wollen wir was essen gehen?«

»Meinen Kollegen in der Bank verheimliche ich, daß ich nach der Arbeit zur Meditation gehe«, sagt er, während wir auf den Bus warten, »sonst würden sie mich damit aufziehen.«

Als ich begreife, daß er Bankangestellter ist, möchte ich doch nicht so gern mit ihm essen gehen, sondern lieber zurück auf mein Zimmer. In seiner Gesellschaft werde ich den Mann, der in die Bibliothek geht und Kant liest, nicht vergessen!

»Wohin wollen wir gehen«, fragt er beim Einsteigen. »kennst du ein Restaurant hier?«

»Ich wohne erst seit zwei Wochen in Zürich.«

»Ich wohne seit zwanzig Jahren hier, aber ich hab' immer zu Hause bei meiner Frau und den Kindern gegessen. Ich trenne mich gerade von meiner Frau.«

»Fällt's dir schwer?«

»Unsere Gerichte sprechen die Kinder der Mutter zu.«

Bei der gelblichen Beleuchtung im Bus hat sein Gesicht etwas Mumienhaftes. Seine schmalen Lippen bleiben ohne Regung, wenn er spricht.

Wir steigen im Zentrum aus und gehen über die Brücke. Wir wollen ins Mövenpick. Er gehe gelegentlich dorthin, seit er nicht mehr mit seiner Frau zusammen sei.

»Ich gehe jetzt also mit einer Schriftstellerin essen«, sagt er und mustert mich mit höflichem Lächeln.

Ich stelle fest, daß sein kleines Gesicht von einer Art Schönheit ist, wie man sie von den Porträts kunstbegeisterter Schülerinnen kennt.

»Als ich aus Indien zurückkam, habe ich eingesehen, daß ich sieben Jahre mit einer Frau Tisch und Bett geteilt habe und wir einander trotzdem fremdgeblieben sind.«

Der Kellner bringt ihm ein Beefsteak und mir mit Käse überbackene Brokkoli. Wieder allein, schenkt er mir Rotwein ein und sagt:
»Wie schön, daß du weinen kannst!«
»Und ich glaubte, es hätte keiner mitbekommen.«
»Ich hab' gestaunt, wie natürlich du bist. So was gibt es bei uns nicht. Hier werden die Menschen dazu erzogen, ihre Natürlichkeit abzulegen. Seit meiner Kindheit hab' ich nie mehr geweint, erst in Indien wieder. Auf einmal hätte ich die ganze Welt umarmen können.«
Er legt seine Hand sanft auf meine: »Früher war ich bei Frauen immer sehr schüchtern.«
Ich komme mir vor wie eine verständnisvolle Krankenschwester.
»Kommst du morgen wieder?« fragt er, als wir die Brücke überquert haben und uns verabschieden wollen. »Morgen macht ein anderer die Meditation, der ist erfahrener. Bei ihm darf man brüllen, schreien und trampeln!«
»Ich weiß noch nicht.«
Er umarmt mich. Direkt hinter uns fahren Autos vorbei.
»Ich bin gerade verliebt«, sage ich.

12

Gerade will ich losgehen, da stoße ich auf Gerd, meinen Zimmernachbarn. Er trägt eine rosa Hose, ein beiges Baumwolljackett und einen kleinen silbernen Ohrring. Ich frage ihn, ob er Käufer für seine Schmuckstücke gefunden habe. Gerd geht Tag für Tag von Laden zu Laden, um den Schmuck zu verkaufen, den er in seinem Atelier am Bodensee herstellt, oder aber er baut einen Tisch auf dem Bürgersteig gegenüber dem Limmatquai auf. Mit seinem feinen Lächeln, seiner schlanken Figur und seiner ruhigen Art erinnert mich Gerd an Dinas Mann. Mich beschäftigt Dinas Zusammenbruch immer wieder, weil er genau in die Zeit fällt, in der sie vielleicht den Mann kennengelernt hatte, den sie sich wünschte.

»Hast du von dem Verbrechen gehört?« fragt Gerd.

Ich erschrecke. »Von welchem Verbrechen?«

»Gestern nacht. Da hinten. Hast du die Schüsse nicht gehört? Eine Frau.«

Ich muß an Fatma denken, an Fatma, die sich vor ihrem Mann versteckt hält. Mir geht ein Stich durchs Herz, ich habe ihre Ängste nicht ernstgenommen.

»Wen? Doch nicht etwa...«

»Eine Frau, die in einer Bar arbeitet«, sagt Gerd.

»Hier bei uns? Eine von den Frauen unten?«

»Aber nein. Aus einer anderen Bar. Eine Schweizerin, noch ganz jung.«

Ich bemerke, daß Gerd die Lippen zittern.

»Wer hat sie erschossen?«

»Der Kerl ist weggelaufen. Man nimmt an, daß es ihr Geliebter war, aus Eifersucht.«

»Schrecklich.«
»Ich konnte nicht wieder einschlafen, nachdem ich die Schüsse gehört hatte. Ich werde mich ein wenig hinlegen, nach Mittag will ich wieder die Läden abklappern.«
Ich berühre ihn sanft am Arm: »Schlaf gut!«
Es kommt mir fast undenkbar vor, daß ein Schweizer ein Verbrechen begehen könnte. Vor langer Zeit, als in unserem Geographieunterricht die Schweiz behandelt wurde, stellte ich mir das kleine Land als eine Art Park vor, voll von fröhlich lächelnden Männern in Anzug und Fliege und Frauen in seidenen Blusen mit Hüten oder Baskenmützen, die auf zarten Beinen herumtrippelten wie Ballettänzerinnen. Sie verbrachten den Sommer unten im Grünen und den Winter auf den schneebedeckten Bergen, die aussahen wie große Baumwollhaufen. Staub oder Abfall waren unbekannt. Nachts, wenn alle schliefen, wurden die Straßen mit Seifenschaum gereinigt, und weil alles so sauber war, beschimpften sie einander nie. Ich war ungefähr zehn und stellte mir die Schweiz als ein Paradies vor, das ganz weit von der Welt, in der wir lebten, entfernt lag.
Gleich darauf treffe ich Zülfü, der außer Atem die Treppe hochkommt. »Verdammter Hundesohn!« zischt er vor sich hin. Im ersten Moment denke ich, er verflucht den Mann, der auf der Straße die Frau umgebracht hat.
»Ich weiß jetzt, wer es ist«, sagt Zülfü, und seine schwarzen Augen funkeln vor Wut.
»Wer was ist? Der Mörder?«
»Was denn für ein Mörder? Der Junge im oberen Stockwerk. Er muß es sein, ich hatte mir das schon gedacht. Dieser Hundesohn klaut mir immer meine Zeitung. Ein Schweizer hat mir ein Abonnement geschenkt. Seit zehn Tagen ist die Zeitung aber weg! Ich hatte mir schon gedacht, daß er sie klaut.

Wir sind schon mal aneinandergeraten. Einmal hab' ich ihn bei uns in der Küche erwischt, als er gerade was aus dem Schrank stibitzte. Garantiert ein Heroinsüchtiger. Ich werde ihm eine tüchtige Lehre erteilen.«

»Laß doch«, sage ich, »sonst bekommst du noch Schwierigkeiten. Du kannst die Sache auch anders lösen. Hast du von dem Verbrechen heute nacht gehört?«

»Na klar. Man hat eine Barfrau erschossen.« Nach kurzem Schweigen fügt er hinzu: »Und dann dieses Weib. Sie geht mir auf die Nerven.«

»Fatma?«

»Ja, die. Der kann man auch nicht über den Weg trauen. Solche Frauen durchschaue ich auf den ersten Blick. Sie ist schon wieder unten und wartet auf Freier. Sie gehört zu denen, die sich auf der Straße schminken! Wir geben ihr bestimmt bald den Laufpaß. Das hier ist kein Bordell. Und meine Verlobte wird bald zu mir ziehen.«

»Wirklich? Erzähl mal.«

Zülfüs Gesicht, das kurz vorher noch vor Wut gefunkelt hatte, entspannt sich sogleich: »Wir sind entfernt miteinander verwandt. Sie stammt aus Antep, und wir sind einander schon lange versprochen, aber irgendwie wollte ihr Vater nicht einwilligen. Du weißt ja, auf dem Dorf gibt's das Brautgeld und so was. Aber bald.«

Ich überlege, ob Zülfü womöglich deshalb im Laderaum eines Lastwagens geflohen ist und mit einer erfundenen Begründung in Zürich Asyl beantragt hat.

»Darfst du sie denn schon nachkommen lassen?«

»Wir müssen noch eine Weile warten, und vor allem muß ich eine vernünftige Arbeit finden«, sagt er und sieht dabei in die andere Richtung. Gerd hat mir erzählt, daß Zülfü sein Geld damit verdient, daß er unten den Nachtklub putzt.

»Vielleicht klappt es bald«, sage ich.
»Und wenn's zehn Jahre dauert. Wir haben uns die Treue geschworen.«
Ich muß an eine Zeitungsmeldung denken, die ich vor Jahren gelesen habe: Ein junges Paar vom Dorf stürzt sich Hand in Hand von der Bosporusbrücke. In der Zeitung war ein Bild von ihnen abgedruckt, sie hatten sich bei der Ankunft in Istanbul am Bahnhof in Sirkeci fotografieren lassen. Das Mädchen sitzt auf einem Hocker, der Junge steht neben ihr, und auf Wunsch des Fotografen hat er ihr die Hand auf die Schulter gelegt. Das Mädchen hat sich das Kopftuch wie einen Schal um den Hals geschlungen.
Beim Hinuntergehen hält mich Zülfü nochmals auf: »Ach ja, Schwester, denk bitte dran, daß du mit dem Saubermachen an der Reihe bist.«
»Toilette und Treppenhaus«, fügt er hinzu. »Gerd, dieser Laffe, hat sich wieder gedrückt, dabei hab' ich den Plan an die Toilettentür geheftet. Es steht genau drauf, wer wann saubermachen muß.«
»Ich hab's gesehen.«
»Und dann Toilettenpapier und Seife, das muß immer der kaufen, der mit dem Saubermachen dran ist.«
»Gut«, sage ich, »das besorge ich heute.«
Zülfü lächelt zufrieden und sagt scherzhaft: »Also, dann viel Erfolg beim Recherchieren!«
»Mach's gut!«
Unten im Briefkasten, den Zülfü aus einer hölzernen Kiste gebaut hat, finde ich einen Brief an mich mit Berner Poststempel. Noch in der Haustür reiße ich ihn auf und lese: »Ich arbeite in Bern im Hilfskomitee für Asylanten und habe erfahren, daß Sie in Zürich sind. Wir möchten Sie gerne zu einer Lesung einladen. Wenn Sie mich unter der unten angegebenen Num-

mer anrufen, könnte ich Sie in Zürich besuchen. Mit freundlichen Grüßen, Bettina Bromberger.«
Während ich den Brief zusammenfalte und in die Handtasche stecke, taucht zu meiner Beunruhigung ein Dorf vor mir auf, in das ich ein Jahr zuvor nach einer Lesung in Zürich gefahren war. In dem Dorf sprach man nur Französisch, es war umgeben von schneebedeckten Bergen und bestand aus zweistöckigen, weißen Häusern mit Gärten, von denen man das Tal aus der Vogelperspektive sah. Die Betreiber des Gasthauses trugen Baumwollhemden und buntbedruckte Halstücher wie die jungen Alternativen in Berlin. Der Gastraum war einfach, hell und bäuerlich eingerichtet, das Tonbandgerät spielte französische Chansons. Gegen Abend kam eine Gruppe von Männern aus einem nahe gelegenen Asylantenlager.
»Warum redest du nicht über die Lage der Kurden, wenn du schon solche Veranstaltungen machst?«
»Was unternimmst du, um die Situation der Asylanten zu verbessern?«
Vor mir ein kleiner Holztisch, eine schwächliche Glühbirne, mein türkisch-deutscher Gedichtband. Ich versuchte zu erklären, daß Literatur und Politik verschiedene Dinge sind.
Als die Versammlung zu Ende war, gingen wir zum Biertrinken ins Erdgeschoß hinunter. Die Asylanten nahmen um mich herum Platz. Einer bestand darauf, mir das Bier einschenken zu dürfen:
»Nun trink erst mal, Schwester, du hast bestimmt eine trokkene Kehle bekommen.«
»Natürlich hat jeder das Recht zu schreiben, was er will. Da hat es ein Mißverständnis gegeben. Wir hatten angenommen, es käme eine Schwester, die sich mit Politik befaßt. Und wir sind alle hergekommen, um mit ihr über unsere Situation zu reden. Unsere Lage ist ja nicht gerade glänzend. Wir sitzen

untätig oben auf dem Berg herum und müssen abwarten. Wir werden satt, wir haben es warm, aber wir wissen nicht, was aus uns wird.«
Zwei Männer an dem langen Tisch blickten zu mir herüber und unterhielten sich auf kurdisch miteinander. Dabei hielten sie sich krampfhaft an ihren Biergläsern fest, als hätten sie noch nie eines in der Hand gehabt. Als ich mich in dem Zimmer, das man mir reserviert hatte, im Dunkeln aufs Bett warf, sah ich im Schein der Straßenlaterne, daß es in dicken Flocken schneite. Motorgeräusche. In ihren Autos brachten die Schweizer die Asylanten ins Lager zurück. Ich betrachtete die herumwirbelnden Schneeflocken und mich überkam ein Gefühl tiefer Traurigkeit.

Hinter dem Haus treffe ich Fatma. Sie sitzt auf der Bank und zupft sich die Brauen. Ihr schwarzen, gewellten Haare glänzen im Sonnenschein. Ihre vollen Lippen sind kirschrot bemalt, die Poren auf ihrem braunen Gesicht von Puder verdeckt.
»Setz dich doch«, sagt sie mit herzlicher Stimme. »Mein Zimmer ist so finster, daß ich mich nur hier vernünftig schminken kann.«
Aus dem Erdgeschoß des Nachbarhauses kommt Rockmusik herüber, von einem Lokal, in das Punks gehen. Davor eine Gruppe junger Leute um die zwanzig in durchlöcherten Hosen und verblichenen, schweren Lederjacken, die Stimmen müde, heiser, die Gesichter schlaftrunken. Der Sonnenschein und die verrückte Musik sollen, so scheint es, sie von der Wirkung der Drogen erlösen, die sie genommen haben.
»Hast du von dem Mord gehört?« frage ich Fatma.
»Was für einen Mord?«
»Letzte Nacht wurde hier eine Frau erschossen. Hast du die Schüsse auch gehört?«

»Nein, ich hab' nichts gehört. Ich stopfe mir die Ohren zu, bevor ich mich hinlege. Wen denn?«
»Eine junge Frau. Sie arbeitete in einer Bar, heißt es. Es soll ihr Geliebter gewesen sein.«
Fatma steckt Pinzette und Spiegel in ihre Handtasche. Sie ist für einen Augenblick blaß geworden.

13

Ich liege mit geschlossenen Augen im Bett und nehme mir vor, heute ins Einkaufszentrum zu gehen und mir eine Kochplatte, eine Teekanne, ein Glas, Löffel und Gabeln sowie einen Teller zu kaufen. Ich werde die Kochplatte in der Ecke neben der Tür aufstellen, dann kann ich mir morgens nach dem Aufwachen Tee kochen und ihn im Bett trinken. Zülfüs Kochplatte und Geschirr will ich in Zukunft nicht mehr benutzen.

Ich stehe auf und ziehe mir den weißen Bademantel über, den ich mir in Zürich gekauft habe. Dabei ist heute niemand zu sehen, als ich ins Badezimmer gehe. Ich habe mir vorgenommen, heute bei der Nummer anzurufen, die ich von der jungen Buchhändlerin habe, und zu fragen, ob ein Zimmer für mich frei ist. In der Mensa werde ich zu Mittag essen und nachmittags zur Zentralbücherei gehen und meine Aufzeichnungen über Dina fortsetzen. Ich spüre es, heute werde ich Dinas Mann treffen! Ich betrachte mein Gesicht im Spiegel und vergleiche es mit dem, das ich von Dina in Erinnerung habe. Trotz ihrer großen Nase und ihren schmalen Lippen ging von diesem Gesicht ein eigenartiger Reiz aus. Meines dagegen mit den vorspringenden Backenknochen, den großen, braunen Augen und vollen Lippen kam mir alltäglich vor.

In Dinas Text über ihr Leben als junges Mädchen stoße ich auf den Satz: »Ich war nicht schön.« Möglicherweise hatte sie versucht, diese Unsicherheit zu überwinden, und hatte sich ein Schönheitsideal geschaffen, das dem, dem die Männer anhingen, widersprach. Beherzt und angriffslustig setzte sie ihren drahtigen, behenden Körper ohne Koketterie ein. Wie mochte

Dina die Männer verführt haben? Wie verhielt sie sich, wenn sie mit einem Mann ins Bett ging? Ohne jede Scham vor dem Nacktsein. Anstatt sich selbst zu geben, den Mann nehmen! Waren deshalb die Männer, die sie sich in den letzten Jahren ausgesucht hatte, meist viel jünger als sie gewesen? Männer, denen die Last des Mannseins zuviel wurde, die sich nach der Kindheit, nach der Mutter zurücksehnten.
Vom Postamt aus rufe ich die Nummer an, die ich von der jungen Buchhändlerin bekommen habe. Die Frau am anderen Ende der Leitung fragt mich, ob ich lesbisch sei oder nicht. Sie hat eine tiefe, sachliche Stimme.
»Nein«, sage ich.
»Nimm's mir bitte nicht übel, aber dann können wir dich nicht aufnehmen, die Wohnung ist nur für Lesben.« Bei dem Tonfall und bei der Unverblümtheit ihrer Frage muß ich an Frauen denken, die ich bei Lesungen in Deutschland kennengelernt habe: eine tiefe, satte Stimme, ein sicherer, entschlossener Gang, ein aufmerksamer, sachlicher Blick. Sie sind immer auf der Hut.
Ich setze mich auf eine Mauer am Ufer des Sees: Ob eine reine Frauenwelt wohl vor Enttäuschungen bewahren könnte? Sind zwei Lesben in der Lage, aufeinander zuzugehen ohne Verführungsrituale? Ist es das, worum es den Lesben geht? Endlich nicht mehr verführt zu werden und nicht mehr verführen zu müssen? Das erotische Spiel zwischen der kleinen Dina und dem Mädchen vom Nachbarn. Dina erzählte mir damals, wieviel Spaß und Befriedigung ihr das Spiel gebracht hatte. War es der Reiz dieser Erinnerung, hinter dem sie später her war? Was sie an femininen Männern suchte?
Um mich herum Gruppen von Ausflüglern, Liebespaare, Kinder. Die Sonne wärmt mein Gesicht. Der älteren Frau im gelben Regenmantel und dem Kopftuch aus schwarzer Wolle bin ich

hier schon öfters begegnet. Sie wirft den Enten, Tauben und Möwen am Ufer das Futter hin, das sie mitgebracht hat, aufmerksam und mit sich selbst zufrieden, als erfülle sie eine ihr auferlegte Pflicht. Sie dürfte alleinstehend sein, sonst würde sie das Futter nicht so sorgfältig verpacken und jeden Tag ohne Begleitung ans Seeufer kommen.

Ich rufe Max Frisch an. Dina hatte über ihn eine Reportage für eine Istanbuler Zeitschrift gemacht. Ich stehe in der Telefonzelle am Ufer und wähle die Nummer aus meinem Notizbuch. Die Stimme am anderen Ende der Leitung ist die eines Mannes, der allein lebt und bequeme Pantoffeln trägt, die Stimme eines Autors, der nach langen Reisen sich auf seine Gewohnheiten und an seine Schreibmaschine zurückgezogen hat.

»Ich vermute, daß Sie sehr beschäftigt sind«, sage ich, wie um mich zu entschuldigen.

»Ja«, sagt er, »es ist ganz so, wie Sie vermuten.«

»Ich bin für einige Zeit in Zürich. Ich bin Autorin und eine Freundin von Dina K. Könnte ich mich mit Ihnen treffen?«

»Gern. Wenn Sie mich Anfang nächster Woche wieder anrufen wollen, dann können wir einen Termin ausmachen.«

Ich werde es nicht schaffen, ihn nochmals anzurufen, denke ich. Dazu bin ich zu empfindlich. Ich ertrage es nicht, wenn meiner Bitte nur zögernd und unentschlossen entgegengekommen wird. Wer weiß, wieviel Beharrlichkeit Dina an den Tag legen mußte, um die Reportage über ihn machen zu können. Beharrlich sein. Wie um das zu üben, fahre ich heute früher als geplant zur Mensa, ich benutze die Seilbahn und hoffe, diesmal Dinas Mann in der Schlange zu entdecken. Quietschend gleitet die uralte Gondel zur Technischen Hochschule. Eine Fahrt von ungefähr drei Minuten an Gärten, Büschen und Bäumen hinauf.

In der Mensa auch diesmal nichts. Vielleicht hält er sich von allen Orten fern, an denen er mir begegnen könnte, meidet nicht nur die Bibliothek, sondern ißt auch nicht mehr in der Mensa. Geht mir aus dem Weg. Plötzlich merke ich, daß diese Möglichkeit mich anstachelt, daß ich Geschmack an ihr finde. Der Gedanke, er könnte vor mir davonlaufen, peitscht mein Verlangen an, ihn zu finden.

Ich irre in der Stadt umher wie in einem Labyrinth. Ich bilde mir ein, ich würde mir selbst begegnen, sobald ich aus diesem Labyrinth herausfinde, meinem anderen, einem veränderten Ich.

Im Stadttheater sehe ich mir den »Langen Abschied« an. Im Foyer vornehmes Kristall und höfliche Paare. Dina hatte Spaß daran, solche Orte aufzusuchen, sie mochte sich mit der Eleganz der Leute dort messen. Dazugehören wollte sie nicht, sie wollte überraschend sein, ein Skandal.

Um Mitternacht Vollmondmeditation im Meditationszentrum gegenüber dem großen Münster. Ich gehe hinein. Auf der Bühne sind schlanke, weißhäutige Mädchen mit langen Kleidern und Kopftüchern aus weißem Musselin, sie murmeln leise ein Gebet vor sich hin. Hinten steht ein junger Mann in weißem Hemd und weißer Pluderhose und spielt auf einem indischen Instrument. In der Menge, die regungslos und mit geschlossenen Augen im Saal dasteht, suche ich jemanden. Einen jungen Mann, der versucht, sich seiner Erinnerungen zu entledigen, Dinas Mann. Es hätte doch sein können. Ich habe ihn überall allein angetroffen. Wie tröstlich kann es für einen einsamen Menschen sein, sich gemeinsam mit vielen anderen in sich selbst zu versenken. Ich sitze für eine Weile auf einer Stuhlkante.

Als ich nach Hause komme und über den Flur zu meinem Zimmer gehe, höre ich Gerd durch den Türspalt rufen: »Hallo, komm doch mal rein.«

Ich mache die Tür auf. Er liegt in Kleidung und Schuhen im Bett, einfach auf der Wolldecke ausgestreckt. Als ich einen Schritt ins Zimmer mache, richtet er sich halb auf und lehnt sich gegen die Wand. An dem verträumten, entrückten Lächeln auf seinen Lippen erkenne ich, daß er Drogen genommen hat, und will das Zimmer wieder verlassen. Ich horche auf den Flur hinaus. Die Tür könnte aufgehen und Zülfü herauskommen ... Gerade will ich Gerd gute Nacht wünschen und hinausgehen, da erhebt er sich und geht wie auf einem Wolkenteppich in Richtung Tisch.

»Ich möchte dir die Fotos zeigen«, sagt er. »Von den Skulpturen in meinem Atelier.«

Ich mache die Tür zu und setze mich auf den Boden. Er hockt sich neben mich, als wären wir zwei kleine Geschwister, gelassen und unbefangen, und hält mir eine Reihe von Fotos auf gelbem Grund hin. Er drückt sie mir einzeln in die Hand. Die Skulpturen wirken wie Figuren auf einer Bühne. Mir fällt auf, daß sie allesamt Männer darstellen. Sie stehen vor einem gelben Vorhang. Ich blicke Gerd ins müde Gesicht und lächele: »Wie im Theater.«

»Ja«, sagt er, »das sind meine Träume.«

Auch er ist genau wie ich auf der Suche nach einem verlorenen Gefühl.

Als ich aufstehe und hinausgehen will, sagt Gerd:

»Stimmt es, daß du einen Kriminalroman schreibst?«

»Nein, ich schreibe nur das, was ich erlebe.«

»Etwas Autobiographisches?«

»Ja. Du bist es, der träumt, aber deine Träume sind voll von anderen Menschen, voll von unendlichen Möglichkeiten.«

14

Ein diesiger Samstagnachmittag in Ankara... Musa und ich betraten eine Wohnung im Erdgeschoß. Der Gastgeber, ein etwa fünfunddreißigjähriger, hochgewachsener Mann mit hellbraunen Haaren, die sich zu lichten und zu ergrauen begannen, öffnete uns die Tür und sagte:

»Ach! Sie sind Natascha, nicht wahr?«

Auch ich erinnere mich an ihn, es ist Tekin, der Mann im gelben Trenchcoat, der an der Hotelbar mit Dina über den Film »Das Schweigen« gesprochen hatte.

»Ja, damals war ich Natascha. Aber jetzt...«

»Jetzt«, sagt er, seine vollen Lippen verziehen sich zu einem schelmischen Lächeln, »jetzt sind Sie anscheinend direkt aus Gorkis ›Mutter‹ zu uns gekommen?«

»Meine Geliebte ist bisher nur Statistin«, sagt Musa. Die beiden sehen sich lachend an, ich schweige.

»Dina und ihr Mann sind auch da«, sagt Tekin, während er mir den Mantel abnimmt und aufhängt.

Dina saß mit dem Rücken zum Fenster. Ihr Gesicht ist grau vor dem nebligen, verqualmten Himmel. Sie wirkt abgestumpft wie nach einer langen, beschwerlichen Reise. Sie trägt einen langen, braunen Wildlederrock und einen farblich dazu passenden Rollkragenpullover. Ihre hellbraunen Haare sind in Höhe der Ohren schnurgerade geschnitten.

Daneben ihr zweiter Mann mit einem schwarzen Schnurrbart und einem ernsten Blick.

»Ach, ich wußte gar nicht, daß du in Ankara bist, Dina!«

Ich ging freudig auf sie zu. Dabei zeigte ich mit einer Kopfbewegung auf Musa, als wollte ich ihr beweisen, wie sehr mein Leben sich seit unserer ersten Begegnung verändert hatte, und daß ich statt der Ehe in der Provinz nun eine freie Liebesbeziehung unterhielt.

Dina blinzelte mich durch den Rauch ihrer Zigarette hindurch an. »Hallo!« sagte sie nur und schien gar nicht zu begreifen, worüber ich mich freute.

Ich bildete mir ein, daß sie mich wieder altmodisch und unerfahren fand. Als ich sie ganz leicht auf die Wangen küßte, fiel mir auf, daß ihre Haut, seit wir uns das erste Mal trafen, an Frische verloren hatte. Eine müde Haut, die Poren überpudert.

»Wie geht's dir«, fragte ich sie. Ich wollte die alte Herzlichkeit zwischen uns wieder zum Leben erwecken.

»Mir geht's gut«, sagte sie, kalt lächelnd. Ihr schien die Frage nicht zu gefallen, sie hielt sie für überflüssig.

»Du wohnst jetzt also in Ankara?« sagte sie.

Ich wollte ihr von all den Dingen erzählen, die jetzt anders waren in meinem Leben. Aber sie begnügte sich damit, ganz langsam mit dem Kopf zu nicken, als wüßte sie bereits Bescheid.

»Kennst du meinen Mann schon?« fragte sie und zeigte neben sich.

Er redete gerade von Mao. Offenbar hatte sie sich von den amüsierfreudigen, quirligen Künstlern Istanbuls gelöst und führte jetzt mit einem neuen Mann ein politisches Leben. Gerade hatten Überfälle der Polizei den Demonstrationen und Protestmärschen von islamitischen und nationalistischen Gruppen gewaltsam ein Ende gesetzt. Es waren die letzten Tage des Jahres 1969.

Dina nahm am Gespräch nicht teil. Schweigend musterte sie einen nach dem anderen. Musa, der das »sowjetische Modell« verteidigte, ihren Mann, der sich für die guten Seiten an Maos

Kulturrevolution einsetzte, und Tekin, der behauptete, daß keines dieser Modelle ein Lösungsweg für die Menschheit sein könne. Eine Zeitlang beteiligte ich mich an der Diskussion. Ich behauptete, daß die Gesellschaftsstruktur der Türkei der in den lateinamerikanischen Ländern ähnlich sei. Niemand ging darauf ein, weder zustimmend noch ablehnend. Deshalb wandte ich mich Dina zu:
»Hast du den ›Kirschgarten‹ gesehen?« fragte ich sie und meinte das Stück von Tschechow, das gerade im Staatstheater gespielt wurde.
Dina blickte zum Fenster:
»Ach diese Stadt, sie ist so erdrückend. Demnächst werden uns die Soldaten wieder auf der Nase herumtanzen.«

1974
»Die Ehe vernichtet meine Phantasie«, sagte Dina, »aber die Liebe...«
Sie blickte hinüber zu dem Dampfer, der vor uns durch den Bosporus glitt.
Wir gingen nebeneinander her auf einem schmalen, von Brombeeren gesäumten Pfad.
»Ich habe einen einundzwanzigjährigen Geliebten. Er ist Schauspielschüler. Seine Haut ist unglaublich zart, und er hat einen Körper wie ein Mädchen.«
Dina zeigte auf das weiße Lustschloß auf dem grünen Hügel in der Ferne.
»Es ist die schönste Stelle am ganzen Bosporus, und ein reicher Araber hat den Palast gekauft.«
»Willst du dich von deinem Mann trennen?« fragte ich.
Dina blickte mich an und machte eine bittere Miene. Ich merkte, daß Fragen ihr auf die Nerven gingen. Sie wollte erzählen, Dialoge machten ihr keinen Spaß.

»Wenn keine Liebe mehr da ist, wird das Leben unerträglich. Mir gefallen gefühlshungrige junge Männer, für die die Frau noch etwas Neues ist. Mit ihnen ins Kino gehen. Händchen halten... Einmal, ach war das schön! Es war in Berlin, ich war allein ins Kino gegangen. Neben mir ein Junge, angezogen wie ein Student. Der Film war sehr ergreifend. Ich konnte es nicht aushalten, diesen Film allein anzusehen. Plötzlich habe ich nach der Hand des Jungen neben mir gefaßt. Wir haben die ganze Zeit Händchen gehalten. Und dabei haben wir uns verliebt.«

»Wieviel Mut du hast«, sagte ich. Ich bückte mich, pflückte ein Gänseblümchen und zerdrückte es zwischen den Fingern:

»Auch wenn jemand mir gefällt, ich kann es nicht zeigen, bevor er es gezeigt hat. Ich warte darauf, daß er anfängt, daß er es unbedingt will.«

»Neulich war ich mit einem deutschen Dichter in einer Diskothek«, sagte Dina. »Auf der Tanzfläche hab' ich ihn geküßt. Die deutschen Männer sind schüchtern, die Intellektuellen wenigstens. Sie wissen nicht, wie sie an eine Frau herankommen. Vielleicht, weil ihre Väter meist im Krieg gestorben sind. Viele sind melancholisch. Aber im Bett sind sie gefühlvoll und zuvorkommend. Ich meine jetzt natürlich die jüngeren. Die Männer über dreißig sind autoritär. Den jungen gefällt es, wenn die Frauen die Beziehung anknüpfen.«

»Aber nach einiger Zeit wollen junge Männer dann doch lieber junge Mädchen«, sagte ich.

»Ich will sie nicht für mich haben. Mir geht es schließlich auch auf die Nerven, wenn ein Mann sich aufführt, als wäre ich sein Eigentum. Ich lasse mich nicht anbinden.«

»Trotzdem heiratest du.«

»Nachts... Ich schlafe nicht gern allein. Aber diese Eintönigkeit, mein Mann langweilt mich. Er nimmt alles so furchtbar ernst. Er fühlt sich in unserem Bekanntenkreis nicht wohl. Er sagt, wir wären kleinbürgerliche Intellektuelle. Dabei ist er doch selbst auch kein Arbeiter! Eigentlich bin ich es, die den Haushalt am Laufen hält. Ich verdiene mehr als er, nach der Arbeit kaufe ich ein, dann geh' ich nach Hause und koche. Ich bin gern aktiv.«

»Weiß er, daß du mit anderen Männern schläfst?«

»›Du bist verrückt‹, sagt er.«

Wir standen eine Zeitlang da und betrachteten die Landschaft. Die Minarette der Moscheen, die Fernsehantennen, die aufeinandergetürmten Wohnblocks und die vereinzelten Holzhäuser, die Villen mit den großen Gärten, den Bosporus, das Schiff, das im Zickzack zwischen dem anatolischen und dem europäischen Ufer hin und her fuhr.

»Wenn ich Geld habe, Reisen, ja, das liebe ich. Ich möchte alle Städte sehen, die mich reizen«, sagte Dina, während wir über das holprige Pflaster zu ihrer Wohnung hinuntergingen. »Früher stand hier eine große, hölzerne Villa mit vergitterten Fenstern und Erkern, Kirschen, Pflaumen und Kletterrosen im Garten. Aber diese neureichen Provinzler wollen immer nur schnell absahnen, ganz Istanbul decken sie zu mit ihren Betonblocks!«

Wir sahen ein kleines Mädchen, das sich hinter einer niedrigen Mauer versteckte. Etwas weiter längs stand ein anderes Mädchen an einer Platane und schaute sich um. Sie zeigte auf einen dicken Jungen in kurzen Hosen, der sich hinter einer Tür versteckt hielt: »Komm raus! Gesehen! Ich hab' dich gesehen!« schrie sie.

Dina ging nahe an dem hinter der Mauer hockenden Mädchen vorbei. »Nun lauf doch los, bevor sie dich entdeckt!«

Das Mädchen sprang auf, lief in Richtung Platane, schlug mit der Hand gegen den Baum und schrie: »Mie!«

Dina schaute ihr hinterher. Was für ein gequältes Lächeln manchmal, dachte ich, Dina kann gar nicht richtig lächeln, sie vermag nur manchmal laut loszulachen, das ist alles.
Der Ruf zum Gebet erklang. Die Moschee war zwei Straßen weiter. Ein trauriges Lied, das aus dem Radio aus einem Haus kam, brach plötzlich ab.
Wir standen vor dem Haus, in dem Dina und ihr Mann lebten. Eine kleine Neubauwohnung mit Fenstern und Balkon zum Bosporus.
»Bleib zum Essen«, sagte Dina. »Danach gehen wir aus. Ins ›Papyrus‹, das ist eine Kneipe in Beyoğlu, wir treffen uns jetzt immer da. Und wo du nun beschlossen hast, in Istanbul zu bleiben...«

Tekin und ich verließen das »Papyrus«. Gegen Mitternacht saßen wir im russischen Restaurant, hohe Decken, Marmorsäulen. Das Lokal wurde von zwei alten Weißrussinnen betrieben. Gestärkte, weiße Decken auf großen Tischen, antike Stühle. Beim Aussuchen der Vorspeisen fragte ich Tekin, ob er den Roman »Blaue Vögel auf der Stirn« gelesen hatte. Das Buch war gerade erschienen und handelte von den blutigen Zwischenfällen während einer Maifeier. Ich hatte die Hoffnung, meine Hemmungen loszuwerden, wenn wir über ein Buch sprachen.
»Gute Literatur steht über den aktuellen politischen Ereignissen«, sagte Tekin.
»Aber realistische Literatur muß doch...«
»Nur die Realität zählt und hat Bestand. Leidenschaften, Gier, Eifersucht, Einsamkeit und Illusionen.«
»Aber auch die Gefühle entstehen doch innerhalb einer Gesellschaft. Man kann sich den Menschen doch nicht losgelöst von der Gesellschaft denken.«

»Gute Literatur steht außerhalb der Gesellschaft, ist gegen sie, ist individualistisch und universal.«

Der Beyoğlu-Boulevard: Ich war noch nie so spät ausgewesen, seitdem ich in Istanbul wohnte. Die meisten Schaufenster waren nicht mehr erleuchtet, und die Straße war befreit vom tobenden Verkehr des Tages. Männer scherzten lauthals miteinander, Betrunkene brüllten in die Gegend, manche hockten an den Häuserwänden, aus einer Kaldaunenküche auf dem Bürgersteig drang Knoblauchdunst, eine Prostituierte war mit einem Mann in Streit geraten, das Klappern von hohen Absätzen, schwerer Pudergeruch.

Wir saßen im violetten Licht eines Nachtlokals am Ende des Beyoğlu-Boulevards und tranken Kaffee und Cognac. »Man muß es riskieren, sich zugrunde zu richten,« sagte Tekin.
In der Ecke saß ein kleiner, dicker Mann mit schwarzem Anzug und Fliege, er spielte Klavier.
»Der Mann dort hat Krebs«, sagte Tekin, »vielleicht lebt er noch ein halbes Jahr.«
Eine Weile hörte Tekin schweigend der Musik zu und betrachtete den Mann. Tiefer Kummer stand ihm ins Gesicht geschrieben.
Dabei dachte ich: Die Nacht und Istanbul verändern mich. Ich ging zur Toilette. Als ich zurückkam und mich wieder zu ihm setzte, sagte Tekin: »Du hast eine schmale Taille. Ich mag Frauen mit schmaler Taille.«
Verriet Tekins Blick hinter der rauchfarbenen Brille Spott oder Erregung?
Nach einer Weile sagte er:
»Ist es schon zehn Jahre her? Du warst mit Dina in die Bar des Diwan-Hotels gekommen. Damals hätte ich dich auf der Stelle

geheiratet. Ich war gerade aus London zurückgekommen. Dein Gesicht war sehr unschuldig. Ich mag unschuldige Mädchen, ich bin ein romantischer Typ.«
»Das Leben verändert einen«, sagte ich und bemühte mich, ein erfahrenes und hochmütiges Gesicht aufzusetzen.
»Mit wie vielen Männer hast du geschlafen?«
»Stelle ich dir diese Frage?«
»Wir fahren mit dem ersten Dampfer zu dir nach Hause.«
»Einverstanden«, sagte ich. Ich zierte mich nicht wie eine aus der Provinz und kokettierte nicht herum wie ein Flittchen.
»Ich will eine Frau, die außer mit mir mit keinem andern Mann geht.«
»Nichts ist doch einfacher, als so ein Mädchen zu finden«, sagte ich.
»Aber sie soll zugleich schön, kultiviert, geschickt und treu sein. Eine solche Frau ist mir noch nicht über den Weg gelaufen.«
Der Morgen dämmerte, als wir ins Freie traten. Auf dem Taksimplatz standen die Busse an den Haltestellen und warteten darauf, abfahren zu können. Der Platz war voller Männer in Arbeiterkluft und Frauen mit Kopftüchern.
»Laß uns beim Bäcker frische Sesamkringel kaufen«, sagte Tekin.
Er wollte nicht glauben, daß ich zum ersten Mal gegen Morgen mit einem Mann zu mir nach Hause ging, seitdem ich nach Istanbul gezogen war.

Das »Papyrus« ist wie eine Insel außerhalb der Türkei. Journalisten, Professoren, Schauspieler, Radioreporter und Fernsehkorrespondenten kamen abends nach der Arbeit hierher. Tagsüber hatten sie ihr Hirn und ihr Herz zum Wohle der Gesellschaft eingesetzt und ihren Lebensunterhalt gesichert, abends öffneten sie in einer engen Gasse in Beyoğlu die Tür zum »Papyrus«. Und kaum waren sie drinnen, wollten sie von der Gesellschaft schon nichts mehr wissen. Sie hatten Unterricht erteilt, Nachrichten ermittelt und weitergeleitet, Artikel geschrieben, Übersetzungen aus dem Englischen oder Französischen gemacht, auf der Bühne ihre Rollen gespielt, dabei aber hatten sie niemals den Eindruck gehabt, sie würden für ihre Dienste auch ausreichend belohnt werden, und um über diese Enttäuschung hinwegzukommen, waren sie ins »Papyrus« geeilt, zu den Freunden, die ebenso darunter litten. Wieviel Mühe sie sich auch gaben, sie vermochten die Gesellschaft nicht zu erziehen und auf den rechten Weg zu führen. Armut und Korruption wurden von Tag zu Tag schlimmer, die islamischen Fanatiker und die Nationalisten hatten immer mehr Zulauf. Die Älteren wußten es bereits: Nicht sie bestimmten den Kurs, sondern die Geldleute und die Politiker aus der Provinz.

Diese Enttäuschung verband die Gäste des »Papyrus«. Enttäuschung und Empörung. Um hierher zu gelangen, hatten sie wieder eine Stunde in der Schlange an den Sammeltaxen warten müssen; wieder waren die Wege vom Regen aufgeweicht gewesen; wie immer hatte im Sammeltaxi eine heisere Arabeskenschnulze gespielt; wieder hatte einer der Fahrgäste einen Fluch auf die Ungläubigen und Gottlosen ausgestoßen oder ein Beamter in mittleren Jahren gesagt: »Dieses Land braucht einen starken Mann.« Wieder waren sie an verkrüppelten Kindern vorbeigekommen, die auf dem Bürgersteig bettelten. Es hieß, daß es jetzt Banden gab, die Kinder vom Dorf verschleppten, verstümmelten und zum Betteln zwangen.

Wenn sie durch den Beyoğlu-Boulevard kamen und die Plakate an den Wänden und Eingängen der Kinos sahen, überkam sie Ekel. Entweder ging es um Liebe zwischen einem armen Jungen und der Tochter eines Reichen oder um Sex, gedreht mit Frauen aus Bordellen und arbeitslosen jungen Burschen. Dann die schnell steigenden Preise. Wieder gab es keine Filterzigaretten, und die Schwarzmarkthändler verkauften Marlboros zum Fünffachen des Ladenpreises. Sie mußten überlegen, bevor sie das dritte Glas Rakı bestellten.

Im »Papyrus« wurde leise Joan Baez, Bob Dylan oder Louis Ferre gespielt. An den Wänden hingen Drucke von Gauguin, Miró und Picasso, Plakate zu Filmen von Charlie Chaplin, Orson Welles, Buñuel. Man wußte, daß zwei von denen, die an der Bar saßen, homosexuell waren, und daß Sezer, die Frau eines Journalisten, einen Flirt mit dem Schauspieler Tan hatte.

»Die Kleine hat schöne Beine«, ließ sich vom Tisch in der Ecke vernehmen. »Sie hat sich gleich beide ins Bett geholt.« »Ein Busen wie Marilyn Monroe!«

Gespräche dieser Art besänftigten die Nerven ähnlich wie der Aperitif, den man zu sich nahm.

»Wir sind eine verlorene Generation«, sagte Tekin, und auf seinem Gesicht zeigten sich Spuren von Traurigkeit, Sarkasmus und Eitelkeit; ein vom Westen übernommener Begriff: die verlorene Generation.

Unten im Nachtklub hat die Tamtammusik wieder eingesetzt, und die Wände beben. Ich habe mich ausgezogen und hingelegt. »Lebe intensiv und stirb jung, damit deine Leiche schön ist.« Diese Maxime geisterte im »Papyrus« herum. Ich allerdings sammle lieber Eindrücke, nach und nach wie ein Kind, das einen Teil des Taschengelds lieber in eine Sparbüchse steckt. In dem Verfahren, das man in der Türkei gegen mich eingeleitet hat, wird behauptet, ich hätte Propaganda gegen den Staat gemacht. Ich weiß nicht, wie lange ich in Zürich bleiben kann, aber nach Berlin will ich nicht zurück. Ausgestreckt auf dem Bett, glaube ich trotz allem, daß ich es richtig gemacht habe, meinen Weg allein zu gehen.

15

Zülfü klopft an meine Tür: »Schwester, komm mal, unten ist einer, der will zu dir.«
Ich springe aus dem Bett. Eine Stimme in mir schreit: Endlich ist er da! Er hat herausgefunden, wo ich wohne. Endlich! Ich bemerke einen harten, mißbilligenden Klang in Zülfüs Stimme. Ich muß daran denken, wie Zülfü, um den Ruf des Hauses zu schützen, die Männer mit Wasser übergossen hatte, wenn sie zu unmöglichen Zeiten an der Tür klingelten. Aber Zülfü redet mich mit »Schwester« an, und daran sehe ich, daß er immer noch Vertrauen in mich hat.
»Wer ist es denn?« frage ich ihn, während ich mir Hose und Pullover überstreife:
»Ein Journalist vielleicht?« frage ich und rufe ihm damit meinen Beruf ins Gedächtnis.
»Wie soll ich das wissen«, sagt Zülfü in gleichgültigem Ton, ihm ist der Ruf des Hauses wichtiger als mein Beruf.

Ich habe das Küchenfenster noch nicht erreicht, da ist Zülfü schon wieder in seinem Zimmer und spielt auf der Saz.
Unten vor der Tür steht Thomas. Ich überlege kurz, ob ich das Fenster einfach wieder zumachen soll, bevor er mich sieht. Als trüge er die Schuld daran, daß er nicht der ist, den ich erwartet habe. Thomas blickt hoch, entdeckt mich, und ich bin verärgert über das vertrauliche Lächeln, das sich über seine Wangen ergießt.
»Gut«, sage ich in gleichgültigem Ton, »warte auf mich im Café Grand, ich komme gleich.«

Thomas winkt mir zu und geht den steilen Weg zum Limmatquai hinunter. Lustlos gehe ich zurück in mein Zimmer und mache das Bett. Es ärgert mich, daß Zülfü immerzu ein und dasselbe Lied spielt. Bei den sich ständig wiederholenden Lautenklängen muß ich an Männer mit Schirmmützen denken, die in anatolischen Kaffeehäusern herumsitzen, nach Tabak riechen und einen bitteren Tee nach dem anderen trinken. Mir taten diese Männer damals leid, weil sie von den Großgrundbesitzern ausgebeutet wurden. Für Dina dagegen gehörten sie nur zu ihrer Kindheit in Anatolien. Jeder Autobus, der durch die Kleinstadt fuhr, hatte in ihr Fernweh erweckt. Später sah sie die armen Dorfbewohner dann als Türwächter in den Istanbuler Wohnblocks wieder. Wenn sie ihnen befahl, das Treppenhaus zu reinigen oder ihr Brot zu besorgen, hatte sie kein Mitgefühl dabei. Dina verhielt sich, als habe sie keine Zeit, an die Armen zu denken. Der Kampf in ihrem Innern war anstrengend genug.

Ich betrete das Café und entdecke Thomas neben dem Fenster, wie er, auf den Ellenbogen gestützt, halb über dem Tisch hängt und seine Umgebung gelangweilt und verträumt mustert. Mir fallen elegant gekleidete Paare und Männer mit Aktenkoffern auf, die zu einer geschäftlichen Verabredung gekommen zu sein scheinen. Die jungen Kellnerinnen sind gepflegt und gelassen, sie gehen aufmerksam zwischen den Tischen auf und ab.
»Wie bist du nur auf dieses Café gekommen«, sagt Thomas, »es ist sehr kleinbürgerlich.«
»Weil es nah ist. Ich kenne Zürich nicht besonders gut.«
Thomas fragt mich, ob es mir inzwischen gelungen sei, den Schwarzen Mann ausfindig zu machen. Er fragt das, als bestünde eine Allianz zwischen uns.
»Ich glaube nicht, daß es der Schwarze Mann ist, den ich suche«, erwidere ich lachend.

Ich blicke zur Kellnerin, um sie auf uns aufmerksam zu machen.
»Mir ist die Schwarze Dame zuletzt in Spanien begegnet«, sagt Thomas mit säuerlichem Lächeln. Und nach einer Pause fügt er hinzu: »Beim Karneval in einem Dorf, das noch nicht von der Zivilisation berührt war. Wir haben kein Wort gesprochen. Ich hab' sie beobachtet, die ganze Zeit, als sie mit anderen tanzte. Mir war sofort klar, daß sie die Schwarze Dame war. Drei Tage und drei Nächte, die Einheimischen waren unter sich, war es unmöglich, irgendwo mit ihr allein zu sein. Trotzdem war ich Tag und Nacht mit ihr zusammen. Mein älterer Bruder kam nie aus seinem Zimmer in der Pension. Der Karneval hatte ihn verschreckt.«
Die Kellnerin kommt. Thomas bestellt einen Toast Havanna, ich verlange ein Croissant und einen Milchkaffee.
Thomas fängt an, über seinen älteren Bruder zu sprechen. Nachdem sie sich fünfzehn Jahre nicht gesehen haben, trifft er sich mit ihm in einem spanischen Dorf. Einen Monat Urlaub, ein Geschenk der Mutter an ihre beiden Söhne. In ihrem Brief steckt ein Flugticket und eine Hoffnung: »Nur Du kannst Deinem Bruder helfen.«

»Er glaubt an nichts mehr, an nichts von alldem, woran er früher geglaubt hat, wie Politik, Karriere, Familie, Technik oder Psychologie. Den ganzen Tag saß er allein unter einem Baum am Steilufer und wollte nicht mal zum Strand hinuntergehen. Für ihn sind alle Menschen verloren und lächerlich. Ich habe alles probiert, hab' versucht, ihn zu einer Therapie zu überreden, aber alles umsonst.«
Thomas schlingt seinen Toast Havanna gierig hinunter wie ein Halbwüchsiger, der Spaß daran hat, sich danebenzubenehmen. »Morgen ziehe ich um, in eine herrliche Wohnung mit

Balkon zum See. Einer aus unserer Gruppe fährt in Urlaub, es ist seine Wohnung.«

»Welche Gruppe?« frage ich nur.

Thomas nimmt einen Bissen von seinem Toast, kaut ihn hinunter und sagt:

»Die Therapiegruppe. Wenn du willst, kannst du auch mitmachen. Der Therapeut ist sehr sympathisch.«

»Warum? Warum sollte ich mitmachen wollen? Glaubst du, daß ich das nötig habe?«

»Jeder Mensch, der frustriert ist.«

»Woher weißt du, daß ich das bin?«

»Weil du allein in Zürich herumläufst.«

»Ich beklage mich nicht übers Alleinsein.«

»Das glaube ich nicht. Wenn man nur vorübergehend einsam ist, dann ja. Aber jeder, der einsam ist, sehnt sich nach einem anderen Menschen.«

Ich wende mich zum Fenster, nicht, um die Autoschlange zu betrachten, die draußen vorbeizieht, sondern um in mich selbst hineinzusehen. Ist es wirklich so, wie ich es sage? Ich habe das Alleinsein gewählt, aber beweist das denn nicht, daß ich noch immer an die Liebe glaube? Allein zu bleiben, bis ich dem Menschen begegne, in den ich mich verliebe. Und sich dann binden. War das nicht jedesmal so gewesen? Bindung und dann Enttäuschung. Dina dagegen ging, um nicht einsam zu sein, von einem Mann zum anderen, vielleicht auch, weil sie nicht an die Liebe glaubte. Das Abenteuer anstelle der Bindung. Das Leben, angefüllt mit vorübergehenden Erregungen, flüchtigen Befriedigungen. Ich band mich nicht nur an den Menschen, den ich liebte, sondern auch an gesellschaftliche Bewegungen. Dina blieb von Männern ebenso unabhängig wie von Bewegungen. Ist es dieser Mangel an Bindung gewesen, der sie in den Wahnsinn getrieben hat? Ist sie deshalb in den letzten Tagen noch einmal auf eine Therapie angewiesen gewesen? Mißlangen ihr alle Bindungen, hatte sie das in die irrsinnige Suche nach Männern getrieben? Der Einsamkeit zu entfliehen und sich doch nicht binden zu können, war es das, was Dina verrückt gemacht hatte?

»Ich glaube«, sage ich zu Thomas, »daß eine Therapie erst zum Erfolg führt, wenn die Menschen aufhören, sich vor dem Alleinsein zu fürchten.«

»Das Alleinsein widerspricht unserer Natur. Wir hier im Westen laufen in die Therapie, weil wir so einsam sind.«

»Vielleicht auch«, sage ich, »weil ihr weder richtig allein noch richtig mit anderen zusammensein könnt.«

»Aber trotzdem kannst du ruhig mit mir in die neue Wohnung ziehen. Du schreibst, und ich koche. Und wir sind beide nicht mehr einsam in dieser Stadt.«

Ich blicke zum Fenster hinüber. Das kann nicht sein, das kann doch nicht sein! In der Menge, die über die Brücke strömt... Da hinten...

»Sieh doch, siehst du den da auf der Brücke? Den großen in der Lederjacke! Siehst du ihn, Thomas?«

»Den holst du nicht mehr ein«, sagt Thomas. Ich spüre seine weiche, verschwitzte Hand auf der meinen und erschrecke.

16

Fatma schlägt vor, zusammen essen zu gehen. Sie wundert sich, daß ich schon in der Mensa zu Abend gegessen habe: »Ach, das ist doch wie in der Kaserne!«
»Es ist billig«, sage ich.
Fatma sieht mich erstaunt an:
»Laß uns trotzdem ausgehen, du kannst ja was trinken.«
Als Fatma sich bei mir einhakt, muß ich daran denken, daß ich mit Dina nie Arm in Arm gegangen bin.
Fatma führt mich in eine enge Gasse, die zum Limmatquai hinabgeht, und zeigt auf ein Lokal im Tiefparterre:
»Ich dachte hier. Was meinst du?«
Als sie merkt, daß ich unentschlossen bin, geht sie voran und öffnet die Tür.
Ein italienischer Schlager. Rotes Licht nach der abendlichen Dämmerung draußen, Männer an der Bar. Eine Frau mit langen, blonden Haaren sitzt mit dem Rücken zur Tür, mein Blick fällt auf die lange, zierliche Zigarettenspitze in ihrer Hand. Von hinten sieht sie Dina ähnlich, ich zittere einen Augenblick. Zwei Männer in Anzügen blicken zur Tür und schauen prüfend zu uns herüber. Der eine ist dick und schon älter, er sieht Fatma an, als ob er sie kenne.
»Ich war neulich abends schon mal hier. Ein sehr anständiges Lokal«, sagt Fatma. Plötzlich vermute ich dasselbe wie Zülfü, daß Fatma nicht mehr putzen gehen wird und auch nicht mehr ernsthaft daran denkt, auf der Straße Eis zu verkaufen. Ich überlege, ob ich sie alleinlassen und zurück zu meinem Zimmer gehen soll. Aber das hieße, ich würde zu Zülfü überlaufen. Was

tun? Soll ich ihr sagen: »Verdiene dir deinen Lebensunterhalt doch lieber als Putzfrau?«

»Vergiß das hier«, sage ich, »ich kenne ein Café in Bellevue, laß uns dahin gehen.«

»Gut, aber kann man da auch essen?«

»Ich glaub' schon.«

Es sei ungefähr eine Viertelstunde zu Fuß, sage ich ihr.

»Ich kann im Moment nicht sehr weit laufen«, sagt sie. »Ich gerate außer Atem. Ich rauche mehr als zwei Schachteln Zigaretten pro Tag, vielleicht deswegen.«

»Warum rauchst du soviel?«

»Ich langweile mich in dieser Stadt, vielleicht deswegen.«

Ich bleibe vor einer Galerie stehen. Im Schaufenster abstrakte Bilder. Ohne näher heranzutreten, sagt Fatma: »Mein Gott, sollen das Bilder sein? Wenn ich mir später eine Wohnung miete, will ich mir ein schönes Bild kaufen. Rote Rosen in einer weißen Vase. Das Bild, von dem ich träume. Wenn ich so eins fände, würde ich 500 Franken dafür ausgeben. Aber im Augenblick spare ich für ein schönes Bauchtanzkostüm.«

Sie merkt, daß ich erstaunt bin.

»Wirklich. Ich habe mir ein Bauchtanzkostüm bestellt bei einem vornehmen Schneider hier in Zürich.«

»Sich in Zürich ein Bauchtanzkostüm nähen lassen!«

»Tausend Franken!«

»Das ist doch Wahnsinn.«

»Ach, wenn du meinst. Ich werde hier in einem Nachtklub tanzen. Es gibt sehr anständige Nachtlokale hier, nicht solche Bordelle wie der heruntergekommene Klub bei uns im Haus unten. Dort beuten sie die Frauen nur aus.«

Sie blickt mich einen Moment lang an, als warte sie auf meine Zustimmung.

»Kannst du bauchtanzen?« fragt sie.

»Als Kind konnte ich's, aber ich hab's verlernt, wenn ich es jetzt versuchte, ginge es bestimmt nicht.«
»Warum sollte es nicht gehen?«
Ich lächle und blicke zum Kanal hinüber.
Tamburinklänge, Gelächter. Meine Mutter hat die Hände über dem Kopf zusammengeführt und reibt die Zeigefinger aneinander. Ihr runder Bauch bewegt sich schnell auf und ab. Vor ihr steht ein junges Mädchen, wirft den Kopf in den Nacken und läßt ihre Brüste tanzen. Die anderen Frauen schnipsen dazu. Ich richte den Blick auf den runden Bauch meiner Mutter. Mit einem Male beginnt sich das ganze Zimmer zu bewegen, die Wände, das Fenster, der Lichtschein der Petroleumlampe in der Ecke. Und plötzlich schäme ich mich für den tanzenden Bauch meiner Mutter. Eine Frau packt mich bei den Händen und versucht, mich gewaltsam vom Stuhl zu zerren. »Steh auf, Mädchen«, ruft sie lachend. »Zwing mich nicht«, schreie ich. »Komm, steh auf, wir wollen Mutter und Tochter zusammen sehen«, ruft eine andere Frau. »Es ist doch kein Mann da«, schreit die Frau, die an mir zerrt, »warum genierst du dich?« Ich reiße mich von ihr los und stürze aus dem Zimmer. Auf der Straße herrscht Dunkelheit. Hoch am Himmel zittern die Sterne, während ich weine.
»Mein Mann war immer dagegen, daß ich tanze«, sagt Fatma. »er ist ein so eifersüchtiger Mensch, wenn der erfahren würde, daß ich in einem Nachtklub tanze, er würde kommen und mich erschießen.« Fatma geht mir auf die Nerven. Ich möchte mit meinen Gedanken allein sein. Was hat mich damals auf der Straße zum Weinen gebracht? Warum war ich davongelaufen aus dem Zimmer mit den Lehmwänden und der hölzernen Tür, das erwärmt wurde von einem Feuer in einem Holzkohlebekken, beleuchtet von einer Petroleumlampe, und in dem der Rosenwasserduft bebte vom Schlagen des Tamburins, den wippenden Brüsten, Hüften und Bäuchen?

Ich weiß noch, daß ich an jenem Abend nach Hause ging und im Schein der Petroleumlampe meine Französischaufgaben machte. Es war, als wollte ich damit Rache nehmen an den Frauen, die mich zum Tanzen zwingen wollten.

»Oh, guck mal die Schuhe!« sagt Fatma und tritt an das Schaufenster eines Schuhgeschäfts. »Ich tue nichts lieber, als mir Schuhe anzusehen. Ich bin süchtig nach schönen Schuhen.«

»Schuhe interessieren mich nicht«, sage ich trocken.

Ich trete nicht näher. Fatma dreht sich um und zeigt auf ein Paar Schuhe im Schaufenster: »Sieh doch, die roten? Toll!«

Wir sind noch gar nicht richtig im Café, da hat sie ihr Urteil schon gefällt: »Ach, hier ist es langweilig. Aber da du unbedingt willst.«

Mein Blick wandert über die anwesenden Männer, und dabei wird mir klar, daß ich eigentlich nur deshalb mit Fatma hergekommen bin: um ihn zu treffen. Dinas Mann. Vielleicht ist es besser, wenn ich ihn nicht allein treffe. Er kommt dann nicht auf den Gedanken, daß ich in Zürich unter Einsamkeit leide. Ich könnte unbekümmert zu ihm hingehen und sagen: »Welch ein Zufall! Ich bin mit meiner Freundin zum Essen hier.«

Freundin. Ich werde rot. Nein, das Beste wäre, ihn nicht zu treffen, solange Fatma bei mir ist! Besser, auch keinem anderen Bekannten zu begegnen. Für einen Moment überlege ich, ob ich überhaupt noch hineingehen und Fatma nicht lieber sagen soll, ich würde mich lieber auf mein Zimmer zurückziehen, um so sie, den Geruch ihres schweren Parfüms, ihren großen Busen, ihre runden Hüften loszuwerden.

Wir sind im Lokal. Schlanke Männer an der Bar, manche mit seidenen Halstüchern, manche mit kleinen Ohrringen. An den Wänden Spiegel in goldverzierten Rahmen. Schwarze Ledersofas, kleine, runde Tische. Alle Winkel des Cafés wirken voneinander abgetrennt, damit man sich ungestört fühlt. Zwischen

den Männern an der Bar sitzt nur ein einzelnes junges Mädchen. Die Männer scheinen immer zu zweit zusammenzugehören. Sie erzählen sich aufregende, witzige Dinge, aber sobald sie in eine andere Richtung blicken, zeigt sich Gleichgültigkeit und Langeweile auf den Gesichtern.
Fatma entdeckt vor mir, daß ein Sofa im hinteren Teil freigeworden ist, und geht sofort darauf los. Ich bemerke, wie der Kellner, elegant und stolz wie die Männer an der Bar, sie ansieht, als wolle er nicht, daß sie sich dort hinsetzt.
Fatma nimmt tiefe Züge aus ihrer Zigarette, bläst den Rauch nach oben in die Luft und mustert die Anwesenden.
»Nun sieh dir das an, die meisten sind schwul. Die Stadt wimmelt ja von Schwulen. Entweder kalt oder schwul. Guck dir nur mal die beiden Kerle an der Bar an.«
»Sprich leise«, sage ich, als verstünden die anderen Gäste Türkisch.
»Vor wem sollte ich mich zurückhalten? Stimmt's etwa nicht, was ich sage?«
»Jeder darf sein, wie er will«, sage ich.
»Aber Homosexualität ist doch pervers. Solange die Welt besteht, treibt man es zwischen Mann und Frau.«
Ich blicke zur Fensterfront hinüber. Auf dem Bürgersteig strömen die Menschen vorbei. Es herrscht reger Verkehr... Das Café liegt mitten im überlaufensten und lautesten Winkel der Stadt, und doch ist es ruhig und gemütlich. Mein Blick bleibt an zwei jungen Mädchen am Fenster hängen. Die eine scheint erst achtzehn zu sein. Ein männlicher Haarschnitt, der den Blick auf ihren schlanken, weißen Nacken freiläßt, knallrot geschminkte Lippen. Mal mürrisch, mal laut lachend, mustert sie die Männer im Lokal. Das junge Mädchen ihr gegenüber wirkt gelassen und scheint sich aus den Männern nichts zu machen. Die beiden lassen mich an Dina und Selda denken, an Dina und

Selda mit siebzehn. Die Konditorei Baylan in Istanbul: Sie unterhielten sich kaum untereinander, lauschten mehr den Gesprächen der Männer am Nebentisch. Junge Männer, die sich über das Familienleben lustig machten. Einer von ihnen, der sich nicht einmal eine Wohnung mietete, weil ihn das an Familienleben erinnerte, war der Drehbuchautor Sami N. Sami krempelte sich die Ärmel hoch, als wollte er die beiden Mädchen zum Eintritt in einen Verein bewegen, und holte sie an ihren Tisch. Dina, deren überaus zarter Körper sich nach dem Tod sehnte, und die schon einmal versucht hatte, sich diese Sehnsucht zu erfüllen, las damals gerade Kafka.
Sie verließen das Café und gingen in eine Kneipe am Fischmarkt in Beyoğlu. Bis zum frühen Morgen teilten sie mit den Männern den Rakı, die Beilagen und den Existentialismus.
Sami N. schluckte in der Kneipe Aufputschmittel, Dina und Selda hingegen genossen die Nacht voller Gelächter und voller Gedichte wie ein gutes Essen. Wir haben 1959: Die Studenten revoltierten gegen die Regierung der Demokratischen Partei, die sich ins Programm geschrieben hatte, in jedem Viertel einen Millionär zu züchten und aus der Türkei ein »kleines Amerika« zu machen. An den Hochschulen und auf den Straßen begab man sich in den Widerstand. Obwohl Dina und ihre Freunde für diesen Aufstand dieselbe Sympathie empfanden wie für die Pariser Kommune, wollten sie von ihrer existentialistischen Lebensweise doch nicht lassen. Von der Daseinsverantwortung des Individuums. Eine Freiheit, die schmerzte. Warum sollte man für die Veränderung der Gesellschaft kämpfen, wenn doch das Drama des Menschen darin bestand, daß sein Leben keinen Sinn besaß? Die Ästhetik des Unsinns, schwarzer Humor, Träume, Psychoanalyse. Geistige und ästhetische Grundlagen, die denen, die die Gesellschaft verändern wollen, unbekannt waren. Eine weitere Ablenkung neben

den Nächten am Fischmarkt: die Gartenpartys in den Sommerhäusern reicher Familien am Bosporus. Die reichen Istanbuler Familien, die sich vom Osmanentum gelöst hatten und modern geworden waren, brachten den netten Rumtreibern im Alter ihrer Kinder viel Sympathie entgegen. Bei diesen Einladungen tanzte Dina mit einem jungen Mann, der ein Auto und ein Motorboot besaß und in Europa gekaufte Anzüge trug, und die Männer vergnügten sich mit den eleganten, aufreizenden Mädchen aus den wohlhabenden Familien. In der heimlichen Absicht: sich über die Reichen lustig zu machen, wie die Bohemiens in den Erzählungen Fitzgeralds.

»Was ist denn das für eine Musik?« fragt Fatma und meint die, die von der Bar herübertönt.

»Ist das eine Oper?«

»Ja.«

»Die Frau schreit ja wie am Spieß!«

Fatma fängt laut an zu lachen. Der Kellner kommt zu uns an den Tisch, und ich merke, daß er uns ungern bedient. Als Fatma sich selbst etwas zu essen und mir zu trinken bestellen will, reagiert er überaus mürrisch. Als er die Speisekarte geradezu auf den Tisch knallt, bereue ich, mit Fatma hergekommen zu sein. Fatma spricht weiter laut und mit vielen Gesten: »Der Kerl ist garantiert schwul.« Sie zeigt auf den Kellner, der sich höflich zu den Männern an den anderen Tischen herabneigt und sich mit ihnen unterhält.

»Sieh dir nur seinen Hintern an, der Mann ist schwul, wie er mit dem Hintern wackelt.«

»Was stört es dich?« flüstere ich.

»Aber mit den Schwulen fängt doch alles an. Nur ihretwegen ist das mit dem Aids gekommen. Und jetzt wollen sie zu den Frauen zurück. Wie sollen wir wissen, ob einer Aids hat oder nicht?«

»Ich suche keinen Mann.«
»Was soll das heißen, willst du etwa allein leben?«
»Ja, das will ich.«
»Ach was, das Alleinsein ist was für den lieben Gott. Ich werde irgendwann wieder einen Türken heiraten. Eines Tages gehe ich bestimmt zurück nach Istanbul. Ich bilde mir ein, nur da kann man sich verlieben. Wenn man die Lieder hört und es nach Blumen und Meer riecht.
»Eine Liebe, die teuer erkauft wird.«
Fatma blickt mich verständnislos an und gähnt: »Mensch, bin ich müde! Ich muß gähnen wie ein Krokodil.« Sie bleibt eine Weile still.
»Bei uns ist noch was los! Guck dir die doch an, sehen aus wie Katzen, die ihre Milch umgekippt haben. In keinen von denen könnte ich mich verlieben. Hier bleiben und alt werden – Gott bewahre!«
Als ich nichts erwidere, kommt Fatma mit dem Gesicht ganz nah an mich heran:
»Du hast mir gar nicht gesagt, womit du dich beschäftigst. Was arbeitest du?«
»Im Moment, nun ja, ich schreibe.«
»Als Sekretärin?«
»Nein, das nicht, ich schreibe Geschichten.«
»Über das, was du erlebst?«
»Könnte man sagen.«
»Mir kommt es vor, als ob du einen schweren Schlag erlitten hättest. Hat dich einer verführt und dann sitzengelassen? Das lohnt nicht, gräm dich nicht wegen eines Mannes. Du mußt stark sein, du mußt sie um den Finger wickeln.«
Als ich lächelnd vor mich hinblicke, schenkt Fatma mir Wein aus der Karaffe ein: »Wenn du willst, helfe ich dir.«

17

Als ich im Café Select an meinen Aufzeichnungen schreibe, bemerke ich, daß sich an einem Tisch ganz in der Nähe zwei Männer erregt auf türkisch unterhalten. Beide sehen gleichzeitig zu mir herüber und verstummen. Dann macht der jüngere, blonde eine abwinkende Handbewegung und redet weiter, aber mit leiserer Stimme. Der andere, ein dunkelhäutiger, kleiner, dicklicher Mann wirkt unausgeschlafen und besorgt. Vielleicht ist er Lastwagenfahrer, auf seinem Gesicht finde ich Spuren einer langen Reise. Bald darauf setzt sich ein muskulöser junger Schweizer mit tätowierten Unterarmen und weißem Hemd zu ihnen. Der blonde junge Türke unterhält sich mit ihm in fließendem Schweizerdeutsch, leise und schließlich im Flüsterton. Er bestellt Kaffee und fängt an, zwischen dem dunkelhäutigen Türken und dem Schweizer zu dolmetschen.

»Einverstanden, lieber Bruder, er sagt, er ist einverstanden.«

Bald darauf steht der blonde Mann auf und geht nach unten zu den Toiletten. Auch der Schweizer steht auf und geht ganz langsam ins Untergeschoß. Als der dunkelhäutige Türke allein ist, beobachtet er mich aus den Augenwinkeln, zündet sich eine neue Marlboro an und sieht auf die Straße hinüber. Der Gesichtsausdruck eines Familienvaters, der ein schlechtes Gewissen hat. Ich wende mich ab und sehe auch auf die Straße.

Ein Jahr zuvor hatte ich mit Selda in diesem Café gesessen. Mit Selda, Tekins Schwester.

Das war vor einem Jahr während einer Tagung über die Lage der Arbeitsmigranten in der Akademie.

Selda trug einen grauen Pullover und einen schwarzen Rock

und hatte ihre dunklen Haare im Nacken mit einer weißen Spange zusammengesteckt. Sie hatte ein Tonbandgerät dabei und führte im Auftrag des Ausländerprogramms von Radio Stockholm Interviews mit den Migranten, die zu der Tagung gekommen waren. Selda lebte damals schon nicht mehr mit ihrem Mann zusammen, eine offizielle Scheidung hielt sie nicht für erforderlich. Heirat oder Scheidung, das hatte beides keine Bedeutung für sie.

Zu viert gingen wir, Selda, ihr Mann Mehmet, Tekin und ich, in einem Pinienwald oben auf einem Hügel spazieren. Es war sonnig. Felsen und Meer. Selda streckte sich auf dem Sand aus, schweigend und in sich versunken lauschte sie uns und der Natur. Als wir später im Fischrestaurant aßen, beklagte sie sich über die Einsamkeit der Menschen in Stockholm. Die Zunahme der Selbstmorde im Winter, der Alkoholismus, die Schwermut an düsteren Tagen. Mit den glatten, schwarzen Haaren, die ihr bis auf die Schultern reichten, den hervorstehenden Backenknochen, den riesigen, schwarzen Augen und der leicht rundlichen Figur sah sie aus wie eine Asiatin, in ihrem gelassenen Verhalten glich sie aber einer Europäerin. Ihr wurde ein Stipendium gewährt, und, gerade siebzehn Jahre alt, war sie nach Zürich gegangen und hatte Volkswirtschaft studiert. Ihr Mann war Schauspieler und einer von Tekins Jugendfreunden. Als er uns wütend, empört und laut von seinem Streit mit dem Regisseur erzählte, legte er Selda plötzlich die Hand auf die Schulter und fragte: »Was meinst du dazu, mein Täubchen?« Auf dem Rückweg aus dem Pinienwald gingen Tekin und Mehmet voraus. Ich fühlte mich an Seldas Seite wie befreit von der Last meiner Sorgen.
Juli. Auf der Insel. Gegen Abend saßen wir in einem Strandlokal beim Essen, ich erklärte ihr, wie aufreibend es für mich war,

mit Tekin zusammenzusein. Er mißtraute allen Frauen, außer der Mutter und ihr, seiner Schwester. Dieser Grundsatz beherrschte sein Seelenleben. Sobald ich daran dachte, mich von ihm zu trennen, brach er meine Tür auf und erklärte mir, er werde sich das Leben nehmen, wenn ich ihn verließe. Zusammenbleiben oder Trennung, beides war für ihn kein Ausweg. Selda hörte mir gelassen zu, und wie immer zeigte ihr Gesicht dabei keinerlei gespielte Regungen. Schließlich setzte sie traurig ihr Weinglas an den Mund, sagte dann in kühlem Tonfall: »Du hast recht.«

Bei jedem Besuch in der Türkei machte es Selda soviel Spaß, am Strand Fisch zu essen, sich im Pinienwald in den Sand zu legen, mit dem Dampfer den ganzen Bosporus entlangzufahren, sich in billigen anatolischen Autobussen mit alten Frauen zu unterhalten, mit den Nachbarskindern auszugehen, aber am meisten gefiel es ihr, den Menschen zu lauschen, wenn sie Türkisch sprachen, und ich begriff nicht, warum sie in dem in Schnee, Dunkelheit und Schweigen versunkenen Stockholm lebte.

Auf dem Deutschen Gymnasium war Selda die einzige gute Freundin von Dina gewesen. An Spätnachmittagen, wenn Selda im Wohnzimmer an ihren Hausaufgaben saß, drangen englische Songs durch die Tür. Ihr großer Bruder setzte tagsüber keinen Fuß aus seinem Zimmer. Abends kam er endlich mit blassem Gesicht und verträumten Augen heraus und verließ, einen Seidenschal um den Hals und im beigen Trenchcoat, die Parterrewohnung.

Daß Selda sich Männern gegenüber noch immer wie ein Schulmädchen, wie die Nachbarstochter, wie eine Schwester verhielt, das mochte wohl mit dieser Geschwisterliebe und deren Hoffnunglosigkeit zusammenhängen.

»Keiner von uns konnte ihn ändern.«

»Ich mag diese Gesellschaft nicht«, sagte Tekin.
»Du hättest in London bleiben sollen.«
»Der Londoner Nebel.«
»Sieh nur, wie schön!« sagte ich auf dem Dampfer zu ihm und zeigte auf die Küste. Er erwiderte: »Wie naiv du doch bist!« Das Leben satt zu haben, das war für ihn ein Zeichen von Kultur, eine philosophische Zierde.
»Wie kannst du dich von mir trennen wollen? Überall gehen Bomben hoch, Menschen werden niedergeschossen, bald wird ein scharfer Faschismus kommen.« Mitten auf der Straße zerrte Tekin an meinem Arm, er zwang mich, ihn in meine Wohnung mitzunehmen. Nachts sprang er manchmal aus dem Bett und attackierte die Dunkelheit, als sei jemand im Zimmer. Ich umarmte ihn in der Hoffnung, daß Nähe die Lebensangst in ihm besiegen würde.
Ich beteiligte mich an Demonstrationen und Versammlungen. »Die Linke der Türkei ist roh und ungehobelt«, sagte Tekin, »wenn die an die Macht kommen, stecken sie uns als bürgerliche Intellektuelle alle ins Lager.«
Ich ging zu Dina, um mich vor Tekin zu verstecken. Sie brachte mich zu einem Dozenten, der allein im obersten Stockwerk wohnte: »Den solltest du dir einfangen, er ist ein ausgezeichneter Koch und geht gern auf Reisen. Du würdest glücklich mit ihm werden, er soll von seinem Vater ein großes Vermögen geerbt haben.«
Ich beschloß, für eine Woche bei dem Dozenten zu bleiben. Verachtete mich Dina, wenn sie sich vorstellte, er und ich könnten uns lieben? Weil ich Abenteuern aus dem Weg ging und mich an den Mann, mit dem ich eine Beziehung hatte, stets binden mußte.
Wir saßen am Fenster über dem Bosporus und aßen die Paella, die er zubereitet hatte. Der Dozent bot mir an, ich könne immer

bei ihm bleiben, wenn ich wollte. Am folgenden Tag kehrte ich in meine Wohnung zurück.

Es war Nacht. Draußen tobte der Südwestwind, der letzte Dampfer von der Insel fiel aus. Man hörte nur den Sturm. Mir gegenüber stand Tekin. Im Licht der Glühbirne an der Decke waren seine Pupillen ohne Glanz, die Haare grau, seine linke Schulter zuckte nervös. Welch Unterschied zu dem schönen Mann mit hellbraunem Haar im leichten Trenchcoat, der vor zwanzig Jahren in der Hotelbar neben Dina gesessen hatte, bei meinem ersten Besuch in Istanbul! Wie schön es doch sein müßte, dachte ich damals, anstatt nach Hause zurückzufahren, mit ihm Ausstellungen zu besuchen, ins Theater zu gehen, oder sich zu betrinken.

Tekin hatte meinen Petroleumkanister in der Hand: »Ich setze die Wohnung in Brand und mich mit. Und du bist schuld daran. Schreib's hier auf den Zettel: Ich bin schuld. Schreib's hin und unterschreibe.« Er dachte nicht daran, daß auch der Zettel auf dem Tisch mitverbrennen würde.

Ich tat, was er verlangte. Wie hätte ich es riskieren können, ein Opfer der Liebe zu werden, während im Lande die Studenten für ihre Überzeugung starben? Wie beschämend das gewesen wäre! Hinauslaufen und dem Nachbarn drüben Bescheid sagen! Die Polizei anrufen! Ich überlegte, was zu tun war. Der Lebenswille machte mich logisch und grausam.

Gerade als ich auf die Tür zulaufen wollte, packte er mich. Er warf mich aufs Bett. Ich spürte, daß die Liebe in mir erstorben war und nicht wieder erwachen konnte.

Selda über Dina:

»Dina soll sich sehr darüber geärgert haben, daß man dich zu der Versammlung eingeladen hat. Sie ist eifersüchtig darauf, daß deine Bücher erscheinen.«

»Was kann ich dafür, wenn Dina immer noch keinen Verleger gefunden hat?« Ich versuchte mich zu rechtfertigen wie ein Deutscher.

»Ihr Mann ist sehr ruhig. Einen passenderen hätte sie gar nicht finden können, aber trotzdem macht sie gerade wieder eine Krise durch«, sagte Selda.

Heute wundere ich mich darüber, daß Dina von dem Geschwür in ihrer Brust nicht einmal Selda erzählt hatte. Jetzt schäme ich mich, daß ich mich damals gegenüber Dina zu rechtfertigen versucht hatte. Vielleicht spürte Dina ihren Tod nahen und wollte sich vor dem Sterben noch einmal beweisen, daß sie Schriftstellerin war. Hätte es dieser Beweis verhindern können, daß sie ihre letzten Tage in der Psychiatrie verbringen mußte?

Seit jenem Tag habe ich Selda nicht wiedergesehen. Wahrscheinlich fährt sie immer noch jedes Jahr mit zwei Koffern voller Geschenke in die Türkei und besteht darauf, in den Restaurants für ihre Freunde zu bezahlen. Ich habe gehört, daß Dina Selda vor ihrem Tod zu sich gerufen hat.

Ich sehe wieder zu dem Mann hinüber, der wie ein Lastwagenfahrer aussieht. Er knackt mit den Fingern. Als ich mich abwende, um seinem Blick auszuweichen, fällt mir ein Mann um die vierzig auf, der allein an einem Tisch in der Ecke sitzt. Ich bemerke, daß er nur so tut, als läse er Zeitung. Vielleicht hat er ein Tonbandgerät in der Tasche? Ein Kriminalbeamter, der hinter Schmugglern her ist? Als ich einmal in der Grünanlage gegenüber dem Bahnhof spazierengegangen bin, habe ich einen Jungen und ein Mädchen dabei beobachtet, wie sie sich gegenseitig Heroin spritzten. Sie waren kaum achtzehn. Ohne den Kellner abzuwarten, stehe ich auf und gehe zum Tresen, um meinen Kaffee zu bezahlen.

18

Nira steht am Waschbecken und macht sein Aquarium sauber. Seit fast einer Stunde schon steht er im Badezimmer auf unserer Etage, spült die kleinen Steine aus dem Aquarium immer wieder ab. Die Klänge von Flöten und Trompeten, die von der Straße herauftönen, scheint er gar nicht wahrzunehmen. Aus Zülfüs Zimmer kommt der Geruch gebratener Wurst und der herbe Duft türkischen Tees, der auf dem kleinen Herd zieht. Zülfü hat sein Tonbandgerät noch lauter als sonst gestellt, als wolle er die Klänge von der Straße übertönen. Ich blicke aus dem Küchenfenster und sehe mir den Karnevalszug an. Plötzlich durchzuckt es mich wie ein Blitz: Die Hände hat er in den Hosentaschen. Seine Lederjacke liegt in Falten über der Hüfte. Ich lehne mich mit dem ganzen Oberkörper aus dem Fenster und bin kurz davor, nach ihm, der in der Menge vorbeizieht, zu rufen: »He!« Für einen Augenblick bin ich sicher, daß er mich gesehen haben muß: im Fenster des heruntergekommenen Gebäudes mit dem Nachtklub im Erdgeschoß.

Während ich mit dem Oberkörper aus dem Fenster hänge, höre ich plötzlich ganz aus der Nähe Zülfüs Stimme und fahre zusammen: »Schwester!«

Sofort ziehe ich mich aus dem Fenster zurück.

»Der deutsche Junge hat wieder nach dir gefragt.«

»Welcher?«

»Der neulich da war, der mit dem Mondgesicht.«

»Ach der, der Journalist? Was wollte er denn?«

»Er hat gesagt, du sollst ihn anrufen.«

Dabei mustern mich Zülfüs von Argwohn umschattete Augen.

Ich muß sein Mißtrauen besiegen, geht es mir durch den Kopf, sonst verbreitet er unter den Türken hier am Ende noch, ich würde Männer empfangen.
»Ja«, sage ich, »danke.«

Ich war aus der Wohngemeinschaft in Kreuzberg, in der ich mit Deutschen zusammengelebt hatte, ausgezogen und hatte eine billige Parterrewohnung mit zwei Zimmern gefunden. Sie hatte keine Sonne, und der Kohleofen hatte Risse und war nur sehr schwer anzuheizen. Ich stellte mir den Arbeitstisch vor das Fenster zum großen Innenhof. Morgens polterten die Arbeiter laut die Treppe herunter, ich wachte immer sehr früh auf. Wenn nachmittags die Sonne schien, setzten sich die türkischen Frauen aus dem Haus in ihren weiten, geblümten Kleidern und weißen Kopftüchern auf die Bank im Hof und plauderten laut und ausgelassen, strickten oder stickten, und ab und zu schimpften sie mit ihren herumtobenden Kindern. Manchmal tranken sie aus zierlichen Gläsern alle zusammen Tee. Jedesmal, wenn ich diesen Frauen begegnete, grüßte ich lächelnd, aber obwohl ich Türkisch mit ihnen sprach, musterten sie mich distanziert, als wäre ich eine Deutsche. Und wenn ich im Eingang den jungen Mann von nebenan traf, sah der mich grimmig an. Als ich eines Morgens die Tür öffnete, lagen Knochen vor mir, zwei menschliche Schädel. Man mußte sie auf dem nahe gelegenen Friedhof gefunden haben. Erst hielt ich es für einen Kinderstreich. Ich nahm die Schädel und warf sie in die Mülltonne. Als ich gegen Abend die Tür aufmachte, lagen die Schädel wieder vor meiner Schwelle.

In einer Art Entrüstung über mich selbst renne ich zurück in mein Zimmer, schminke mir Mund und Augen übermäßig, ziehe mir den roten Pullover über und laufe die Treppe hinunter. Die Niederdorfstrasse ist wie eine Halskette aus bunten Glasperlen. Glocken, Pauken, Trompeten, Flöten. Die Haare einer Frau, ein Strahl aus einem Springbrunnen, ein Mann sitzt in einer Ecke und gibt ein Konzert mit kleinen Steinen und einer leeren Flasche, es klingt wie ein Klavier. Am Platz vor dem Münster läßt einer einen Stoffaffen wie eine Ballerina um eine Kerze tanzen. Eine Frau hat sich als Pfau verkleidet, eine andere trägt eine blutverschmierte Vampirmaske. Ein Mann geht als Straßenmädchen, eine Frau hat sich in einen Baum mit verschneiten Zweigen verwandelt, eine andere trägt einen Sonnenschirm als Rock. Eine Gruppe Adliger aus dem Mittelalter zieht vorbei, dann ein Haufen Indianer mit Pfeilen und Bögen und langen, schwarzen Haaren. Frauen haben ihre Gesichter violett, weiß, grün angemalt, sie tragen Reifröcke, und auf dem Kopf Blumentöpfe, große Fruchtkörbe oder Lampenschirme. Zürich ist in einen Traum versunken, man hat das alltägliche Leben verlassen. Ins Haar gesteckte weiße Tauben, grüne Fische, junge Mädchen, die als Engel oder Teufel herumlaufen. Ich sehe mir das alles an, und dabei beschleicht mich ein Verdacht: Ich bin vor der Familie davongelaufen, vor dem Beruf, vor Anatolien, vor der Religion, vor den Soldaten, vor den Männern, vor Berlin. Ich habe mich allem entzogen und dann in ein Gefängnis gesperrt, in ein düsteres, enges Zimmer mit einer Anschrift, die niemand kennt. Als wollte ich anders als Dina sein, um mir ihr Ende zu ersparen. Als spionierte ich mich selbst aus. Je besser ich Dina kennenlerne, um so mehr entdecke ich sie in mir selbst. Zwischen Fackeln, Trompeten, Tanzenden erscheint mir Dina als die einzige Maske, die ich auf dem Karneval aufsetzen kann. Ich will das in mir Verborgene nach außen kehren, es deutlich auf meinem Gesicht zeigen, ich will laut herumlachen, mit unbekannten Menschen eingehakt gehen, will singen und tanzen. Etwas, das verborgen ist, hervorholen. Heute nacht muß ich ihn unbedingt finden. Diesen Mann, der das Verlangen in mir erregt, Geheimnisse mit ihm zu teilen. Ein Bündnis gegen die Männer, die mir angst machen. Ich spüre, daß ich mich nach einem Mann, der die Rolle des Verführers ablehnt, schon seit langem sehne. Warum bin ich ihm nie begegnet? Weil ich es nie gewagt habe, mir das Recht der Wahl zu nehmen? Weil ich es nie gelernt habe, eine Verführerin wie Dina zu werden? Heute nacht! Ich will mich in Dina verwandeln, in Dina, die mich wegen meiner weiblichen Zurückhaltung verachtet hat, und Rache nehmen für diese Verachtung!

Ich trete in ein Lokal am Hirschenplatz, schaue mich um in der dichtgedrängten, durcheinandergewürfelten Menschenmenge. Ich hoffe, ihn allein anzutreffen und nicht an der Seite einer Frau oder in einer Gruppe. Ihn allein treffen und auf ihn zugehen. Ihm ins Ohr flüstern. Ihn an der Hand nehmen, ihn umarmen. Karneval. Wo Maske und unterdrücktes Ich eins werden.

Durch das Knäuel aus Männern und Frauen bahne ich mir einen Weg zur Bar, um ein Bier zu bestellen. Eine Hand berührt meine Schulter und läßt sich auf ihr nieder. Ich bin wie elektrisiert. Noch kann ich mich nicht einfach umdrehen. Aus den Augenwinkeln blicke ich auf die Hand und erkenne sie. Ich kenne diese Hand! Nimm sofort die Hand weg, möchte ich schreien.

»Ich hab' dich gesucht.«

Ich drehe mich um. Das Gesicht eines Kindes, das gerade erwacht ist und auf den Schoß der Mutter will, ein flehentliches und trotziges Gesicht.

»Wieso?« frage ich ihn laut. Im Hintergrund schrille Saxophonklänge.

»Ich wußte, daß ich die Schwarze Dame auf dem Karneval treffen würde.«

»Auf jedem Karneval eine Schwarze Dame?«

»Karneval ist immer nur für Schwarze Damen.«
»Das ist eine männliche Sicht.«
»Ach was, Quatsch. Ihr macht Liebe unmöglich.«
»Wir? Wen meinst du?«
»Die ungebundenen Frauen.«
»Oder ihr«, sage ich, »ihr macht Liebe unmöglich, solange ihr die Frau zum Symbol, zur Schwarzen Dame macht.«
»Aber nein! Für mich ist die Schwarze Dame eine Göttin. Ich bin bereit, mich ihr zu opfern. Aber die Frauen.«
»Die Frauen, wie pauschal!«
»Die Frauen, die geliebt werden. Zum Beispiel meine blöde Frau.«
»Du bist verheiratet?«
»Ich war's. Aber eines Samstags hat sie mich plötzlich verlassen. Sie hat gemeint, sie müsse zu sich selbst finden.«
»Könnte es eine berechtigtere Begründung geben?«
»Aber weder kann die Frau ohne den Mann noch der Mann ohne die Frau zu sich selbst finden! Das können sie nur, solange sie zusammen sind.«
Er legt mir die Hand auf die Schulter und lächelte müde: »Warum hast du Angst vor mir?«
»Heute abend habe ich vor niemandem Angst.«
Durch die Menge am Tresen hindurch versuche ich dem Kellner zu signalisieren, daß ich das Bier bezahlen will.
Plötzlich fällt mein Blick auf einen Mann in den Sechzigern mit einem Geschwür an der Wange. Er tanzt taumelnd umher, nimmt ab und zu einen Schluck von seinem Bier und versucht ein blondes junges Mädchen zu küssen. Es scheint, als wolle er Gesundheit und Manneskraft wenigstens während des Karnevals zurückgewinnen.
Thomas kommt ganz nah mit dem Kopf heran, er flüstert mir ins Ohr:

»Wenn ich die Schwarze Dame heute nacht nicht finde, nehme ich mir das Leben.«
»Dann geh doch«, schreie ich und erkenne meine eigene Stimme nicht wieder. Es ist Dinas heisere, in die Glieder fahrende Stimme: »Geh und such sie!«
Um ihn loszuwerden, trete ich ins Freie und gehe in die kleine Kneipe am Rande des Platzes. Jazz. Das Lokal ist voll. Masken, Tiere, Bestien, Engel, Vampire, Teufel, Clowns. Gesichter ohne Maske, geschminkt, ruhig, schwermütig.
Vergnügte Paare, Gruppen, vereinzelt einsame Männer. Ich kann keine Frau entdecken, die wie ich allein ist.
Ich hocke mich auf ein gerade freigewordenes Sofa hinten im Lokal. Ein sehr schlanker Mann mit einer lachenden Buddhamaske setzt sich zu mir:
»Hallo«, sagt er, »kennst du mich noch?«
Gerade will ich nein sagen, da nimmt er die Maske ab.
»Ach ja, aus der Meditation.«
»Wir haben uns nie wiedergesehen«, sagt der Bankangestellte.
Fatma kommt herein. Sie hat einen Pferdeschwanz und leuchtend rot geschminkte Lippen. An ihrer Seite ein dunkelhäutiger, kleiner, dicklicher Mann um die Fünfzig im grauen Anzug.
Ich will ihr ein Zeichen geben, lasse es dann aber lieber und hoffe sogar, daß sie mich nicht entdeckt.
»Karneval ist eine Art Therapie«, sagt der Bankangetellte neben mir. »Beim Karneval finden die Menschen zur Natürlichkeit zurück. Zu der Natürlichkeit, die sie zu Hause, bei der Arbeit, unterwegs verloren haben.«
Ich blicke mich nach Fatma um. Sie flüstert dem Mann neben ihr etwas ins Ohr. Er legt ihr den Arm auf die Schulter und fängt an zu lachen.
»Bist du allein?« fragt mein Meditationsgefährte.
»Nein«, sage ich, »ich bin nicht allein, ich warte auf jemanden.«

»Auf deinen Freund?«
»Ja.«
»Schade. Ich fühle mich sehr einsam heute abend. Trinkst du ein Bier?«
Fatma winkt mir im Hinausgehen zu. Dabei lächelt sie schelmisch, als würden wir ein Geheimnis miteinander teilen.
»Ich kann ohne Bindung nicht leben«, sagt der Bankangestellte. »Ich muß mich an etwas binden. Im Moment habe ich mich an Baghwan, vor allem an Baghwan gebunden.«
»Ich muß gehen«, sage ich.
»Wolltest du nicht hier auf deinen Freund warten?«
»Nein«, sage ich, »wir müssen uns verfehlt haben. Ich werde ihn suchen gehen.«

Auf dem Hirschenplatz Schellen, Pauken, Trompeten. Der Rhythmus wird immer schneller. Ich schließe die Augen. Ich möchte auf den Fittichen der Nacht fliegen. Beine und Arme wollen sich von mir lösen. Meine Hüften wollen mein Gedächtnis vergessen. Mein Gedächtnis, das nicht nur beladen ist mit meinen eigenen Erinnerungen, sondern auch mit denen meiner Mutter, meiner Großmutter. Dem Gedächtnis einer ganzen Geschichte, dem Gedächtnis der Verschleierten, der Frau im Harem, dem Gedächtnis der Lehrerin, die sich aus dem Schleier eine Bluse näht, sich Ballkleider anzieht und im Arm ihres Mannes plump und unerfahren Tango, Walzer und Foxtrott tanzt. Meine Schultern wollen auf und ab wippen, wollen die Angst in meiner Brust lösen, und auch mein Hals und mein Gesicht gerät in Bewegung. Plötzlich merke ich, daß aus der Menge der Umstehenden zwei Augen auf mich gerichtet sind. Ich erkenne sofort den Gefühlshunger in ihnen. Es ist der Blick eines armen, muslimischen Mannes. Eines Arbeitsmigranten. Er muß gespürt haben, daß ich anders bin ich als die tanzenden

Frauen um mich herum. Ein Bauerngesicht, einer von denen, die mir jedesmal leid tun, wenn sie mir auf den Berliner Plätzen oder Bahnhöfen begegnen. Das Leben hat sie besiegt. Kaum bemerken sie meine Anteilnahme, heften sie sich mir an die Fersen. Den hier will ich abschütteln, indem ich mit entschiedener Empörung den Kopf abwende, in einen Winkel ausweiche, in dem er mich nicht beobachten kann. Ich fange an, noch schneller zu tanzen. Dinas Bild tritt mir vor Augen. Ich sehe sie in einer Diskothek tanzen. Ihr Körper ist in übermäßig schneller Bewegung, scheint sich in seine Bestandteile auflösen zu wollen. Sie gehört zu den ersten Frauen, die in Diskotheken gehen. Und ich versuche, im Vollmond auf dem Hirschenplatz ein Rätsel zu lösen, mein eigenes Rätsel, das Rätsel meines Körpers. Mein Körper geht weiter als ich. Die Musik besiegt meine Vergangenheit. Meine Augen sind geschlossen. Der Vollmond am Himmel behütet mich. Mein Körper verwandelt sich zu einem Lächeln, in ein Gelächter. Zum ersten Mal seit Jahren scheint mein Körper zu lachen! Ich habe einen dokumentarischen Kurzfilm aus Jugoslawien gesehen. Eine Hühnerfarm. Frauen und Männer in weißen Schürzen suchen die Hähnchen aus, packen sie mit beiden Händen und stecken sie in eine Maschine. Irgendwie schafft es ein Hähnchen, ein schwarzes, sich zu befreien und davonzulaufen. Irgendwie gelangt es ins Freie. Dort weiß es nicht wohin, hüpft aber voller Freude in der Gegend umher.
Ich spreize die Arme und drehe mich, wirble im Kreis herum. Plötzlich: Ich schlage die Augen auf. Vor mir eine Maske. Eine blaue Maske, von der Stirn bis auf Mundhöhe. Mit kleinen Sternen darauf, wie ein Stück des Himmels. Ich will einen Freudenschrei ausstoßen, reiße mich aber zusammen. Nach hinten gekämmte, hellbraune Haare, ein voller, geschwungener, lächelnder Mund. Die Hände in den Hosentaschen, der

Kragen der Lederjacke hochgeklappt. Ihm um den Hals fallen? Es ist wie ein Wiedersehen nach langer Trennung. Viele Tage lang habe ich nach ihm gesucht in dieser Stadt, auf den Plätzen, in den Seitengassen, in den Karnevalsmassen. Ich höre auf zu tanzen und murmele:

»Hallo.«

»Was für eine Überraschung!« Er zieht die Maske vom Gesicht: »Sie haben mich also erkannt.«

Ich begnüge mich mit einem Nicken. Ich bin wie aus einem Traum erwacht.

Der große, schlanke Trompeter wirft den Kopf in den Nacken und spielt mit geschlossenen Augen. Sein Gesicht und seine Hände sind mit Goldstaub gefärbt, die Haare zu aufrechtstehenden Büscheln verklebt. Die Vorbeiströmenden umschwirren ihn wie Bienen eine Blüte. Ich betrachte den jungen Trompeter, und jetzt, da Dinas Mann neben mir steht, büßt mein Körper seine Kühnheit wieder ein, und ich werde schüchtern. Warmer Tannengeruch umhüllt mich. Ein Parfüm. Dinas Mann kommt mir mit dem Gesicht ganz nah:

»Wollen wir ein Bier trinken?«

Wir treten aus der Menschenmenge heraus und gehen in den Teil der Niederdorfstrasse, der zum Stadtzentrum hinunterführt. Die Erschütterung, die ich verspürt habe, solange ich allein gewesen bin, ist einer Mattheit gewichen. Ich bin erschöpft wie nach einem schweren Traum.

»Ich habe auf Sie gewartet«, sage ich. »Und Sie?«

»Wirklich? Du kennst nicht mal meinen Namen. Ich heiße Emil.«

»Ich habe im Bistro auf Sie gewartet.«

»Was?« Er scheint erstaunt. »Und ich hab' auf dich gewartet und gedacht, du wärst noch am selben Tag abgereist.«

»Wie kann das angehen? Ich war dort, wirklich. Anderthalb Stunden.«

»Im Bahnhofscafé?«

»Nein. Im Bistro. Sie haben im Bistro gesagt.« Für einen Augenblick blicken wir uns schweigend an. Ein Augenblick, der das Gefühl von Fremdheit zwischen uns beseitigt.

»Gut«, sage ich beinahe vorwurfsvoll, »und auf der Treppe zur Mensa? Ich kam hinter dir her.«

»Wirklich? Ich hab' dich nicht gesehen. Meine Augen – ich müßte eine Brille tragen.«

Verlegenes Lächeln.

»Hast du mich auch in der Bücherei nicht bemerkt?«

»In der Bücherei?«

»In der Zentralbücherei.«

»Ach ja, mein Gott! Der Zettel auf meinem Tisch, der war also von dir.«

»Ja, von mir. Ich dachte, du hättest mich auch gesehen.«

»Auf dem Zettel stand kein Name, und ich hab' mir tagelang die Gesichter der Frauen vorgestellt, die ich kenne. Welche könnte wohl den Zettel hingelegt haben?«

»Ich habe im Café Zähringer gewartet.«

»Ich wollte mich mit niemandem treffen, von dem ich nicht wußte, wer er war.«

»Hab' ich vergessen, meinen Namen draufzuschreiben? Ich muß zerstreut gewesen sein.«

»Macht nichts«, sagt er, »Übermüdung vielleicht oder die Ortsveränderung. Du hast dich also entschlossen, in Zürich zu bleiben?«

»Ja, für eine Weile.«

»So was wie Urlaub? Oder hast du einen bestimmten Anlaß?«

»Urlaub? Vielleicht Berlinmüdigkeit.«

»Berlin ist eine harte Stadt.«

»In Berlin mit Dina auf dem Kudamm. Das warst doch du, oder?«

»Mit Dina«, er schwieg einen Moment. »Ja. Wir haben uns in Berlin kennengelernt.«
»Du wolltest mit mir doch über Dina reden, oder? Du bist doch deswegen in die Akademie gekommen?«
Er nickt nur. Dann fragt er mit ruhiger, sanfter Stimme: »Bist du deshalb in Zürich geblieben?«
»Ich kannte Dina seit ungefähr zwanzig Jahren.«
»Tatsächlich! So lange schon.« Eine Weile sind wir beide in Gedanken versunken gewesen. »Eine Bierhalle, gehen wir da rein?« fragt er und zeigt auf den Eingang.
Er geht vor und hält mir die Tür auf, einfach so, ohne große Geste.
Die Bierhalle ist gebaut wie eine Karawanserei. Tische aus massivem Holz, rustikale Stühle, Halbdunkel.
Ein junges Mädchen mit einer Krone auf dem Kopf und großen Gipsbrüsten auf dem weißen, gestärkten Kleid spielt mit ernstem, unschuldigem Gesicht Tamburin, daneben ein junger Trompeter, als Affe verkleidet.
Wir setzen uns an einen freiwerdenden Tisch in der Ecke neben dem Eingang.
Er legt seine blaue Maske auf den Tisch. Ich nehme sie in die Hand und sehe sie mir genauer an:
»Warum bist du mit einer Maske zu mir gekommen?«
Er zögert einen Moment, scheint unschlüssig zu sein, wie er darauf antworten soll. »Das gehört sich so beim Karneval«, sagt er lächelnd.
»Aber als du am Haus vorbeigegangen bist, in dem ich wohne, da hattest du keine Maske auf.«
»An welchem Haus?«
»Hast du mich denn nicht gesehen? Ich hab' aus dem Fenster geschaut. In Niederdorf. Ich hab' mir da ein Zimmer gemietet. Als du heute abend an unserem Haus vorbeigegangen bist, habe ich sogar gedacht, du wüßtest, wo ich wohne.«

»Was du so alles über mich denkst. Glaubst du vielleicht sogar, daß ich dich verfolge?«
»Daß du unentschlossen bist. Du wolltest dich mit mir treffen, ich meine, um mit mir über Dina zu sprechen, aber gleichzeitig weichst du mir aus. Vielleicht aus Schuldgefühlen. Oder liege ich da falsch?«
»Da ist was Wahres dran.«
Er schweigt eine Weile und versucht, die Kellnerin zu erwischen, um uns noch Bier zu bestellen. Ich sehe mich um.
Mein Blick fällt auf eine junge, übertrieben geschminkte Ostasiatin mit langen, schwarzen Haaren genau gegenüber neben dem Pfeiler. Die silbergestreifte, hautenge Hose klebt ihr an den schmalen, runden Hüften, ihre schwarze Bluse verdeckt ihren Busen nur halb. Die junge Frau hält das Weinglas geziert in den kleinen Händen, während sie sich zu einem hünenhaften, auf die Sechzig zugehenden Glatzkopf mit häßlichem Gesicht hinabbeugt und ihn auf Ohrläppchen und Hals küßt. Der Mann lacht und redet gleichzeitig auf die drei anderen Männer am Tisch ein.
»Jeder hat mal irgendwelche Schuldgefühle«, sagt Emil, »wichtig ist die Hoffnung, daß einem verziehen wird.«
»Von wem?«
Er sieht mir in die Augen. Wir blicken uns eine Weile schweigend an. Auf seinen vollen, geschwungenen Lippen steht ein bitteres Lächeln.
Für einen Moment schäme ich mich meines Mißtrauens gegen ihn.
Ich höre auf, an der Maske herumzuspielen, und setze sie auf.
»Sie steht dir gut«, sagt Emil. »Femme fatale.«
Er kneift die Augen leicht zusammen und mustert mich. Ich habe das Gefühl, daß er wohl kein Freund von solide und unschuldig wirkenden Frauen ist. Selbst wenn sie lachte, hatte

Dinas Gesicht nie nachgiebig ausgesehen. Nicht Milde und Freundlichkeit waren auf ihrem Gesicht zu lesen gewesen, sondern verborgene Angriffslust. Sie war immer auf der Hut, hereingelegt zu werden. Dina gehörte nicht zu den Frauen, die den Kopf an die Schulter ihres Geliebten legen und dann ins Träumen geraten wie kleine Mädchen. Sie lieferte sich dem Mann nicht aus, sie versprach ihm ein einmaliges Abenteuer, das war alles. Ist es das, was Emil mit Femme fatale meint? Vielleicht drückt sich auf diese Weise seine Sehnsucht nach ihr aus, nach Dina. Allerdings besitzt er ein unerschütterliches Gleichgewicht. Sein Körper erinnert in seinen Porportionen an männliche Schaufensterpuppen. Er hat breite Schultern, einen flachen Bauch, lange Arme und Beine und schlanke Finger. Dennoch sind seine Bewegungen langsam und sanft, wenn er sich vorbeugt, wenn er redet, und er hat nichts von männlichem Gehabe oder Kraftprotzerei an sich.
Die Maske auf meinem Gesicht macht es mir leichter, ihn zu betrachten.
»Du kannst sie behalten«, sagt er lächelnd.
»Gut. Ich werde sie aufbewahren, als Andenken an Zürich, an den Karneval.«
Die Stimme in mir sagt: als Andenken an dich und Dina.
»Früher bin ich zur Karnevalszeit immer aus der Stadt geflohen, zu meiner Familie nach Luzern.«
»Anscheinend hast du nicht allzu viele Freunde in Zürich?«
»Ich hab' lange Zeit anderswo gelebt. Nach dem Examen.«
»Was für ein Examen?«
»Das juristische.«
»Bist du Rechtsanwalt?«
»Aber nein, ich erteile Verkäuferinnen Juraunterricht.« Er lächelt. »Daneben studiere ich wieder. Im Augenblick Philosophie.«

»Juraunterricht für Verkäuferinnen und Philosophie.«
»Ja. Das erste mache ich nur, um Geld zu verdienen, das zweite, um vom ersten loszukommen.«
»Von den Verkäuferinnen?«
Er lächelt. »Vom Materialismus, vom Alltag.«
»Mit Kants Hilfe?«
»Woher weißt du das?«
»Du mußt entschuldigen«, sage ich und bin für einen Moment verlegen. »Das war der einzige Name, der mir auf deinem Tisch in der Bibliothek aufgefallen ist: Immanuel Kant.«
»Ja. Kant und Descartes. Ich vergleiche beide miteinander.«
»Ich hab' dich immer nur allein gesehen. Philosophen sind einsam, nicht wahr?«
Wir lächeln uns an und trinken von unserem Bier.
»Bist du auch allein?« fragt Emil.
»Man kann es so ausdrücken.«
Ich weiche seinem Blick aus. Die junge Ostasiatin in der Hose mit den Silberstreifen hat sich dem großen, blonden Mann auf den Schoß gesetzt.
»Wieso bist du allein? Kein Mann in deinem Leben?«
»Nein.«
»Wolltest du dich mit mir nur wegen Dina treffen?«
Ich spüre, wie mir die Röte ins Gesicht schießt. Die Stimme in mir sagt: nein.
»Ja, nur deswegen.«
Ich vergleiche mich mit Dina. Sie hätte gesagt: »Du gefällst mir.« Und sich vielleicht auch zu ihm hinübergebeugt und ihn geküßt.
»Ich habe in Zürich nicht nur nach Dina gefahndet«, sage ich mit ruhiger Stimme, »sondern auch nach dir.«
Er glaubt seinen Ohren nicht zu trauen und mustert mich mit bitterem Lächeln.

Auf einmal wird ein Reigen im Lokal getanzt. Zu einer Karnevalsweise fassen sich die Leute an den Händen. Die an den Tischen stehen auf und schließen sich an, die Schlange der Tanzenden wird immer länger und reicht bald bis zum Ausgang. Plötzlich streckt ein junger Mann, der das letzte Glied der Kette bildet, den Arm zu unserem Tisch aus. Ein Affe, eine Affenmaske lächelt mich an. Ich stehe auf. Mir ist schwindelig. Ich bin das letzte Glied der Kette. Die anderen tanzen taumelnd und hüpfend zur Musik ins Freie. In letzter Sekunde strecke ich den Arm nach Emil aus, der immer noch am Tisch sitzt, aber im selben Augenblick wird mein Arm von einer warmen, weichen Frauenhand gepackt. Neben mir ein Schmetterling. Einer seiner blauen Flügel streichelt mir den Rücken. Wir sind draußen auf der Straße. Auch Vorbeigehende schließen sich an. Federleicht schaukele ich dahin. Ich schließe die Augen, mir schwindet das Bewußtsein wie bei einer Ohnmacht. Die Musik wird ganz allmählich immer leiser, die Frauenhand läßt mich los. Furcht, zu versinken. Ich spüre einen Schatten hinter mir. »Ich suche dich!« möchte ich Emil sagen.

Ich drehe mich um. Hinter mir steht ein untersetzter, älterer Mann mit dichten, schwarzen Haaren. Er lächelt verklemmt und aufdringlich:

»Fünfzig Franken?« fragt er mit ausländischem Akzent.

»Was sagst du da?« brülle ich ihn an in panischem Entsetzen.

»Fünfzig Franken«, sagt er noch einmal, jetzt aber zögernd und leise.

Außer mir vor Wut reiße ich mir die Maske vom Gesicht und stürze mich mit geballten Fäusten auf ihn:

»Verschwinde!«

Erstaunt wird mir bewußt, daß ich auf türkisch schreie.

Der Mann sieht mich erschrocken an, dreht sich um und läuft eilig und aufgeregt davon.

Während ich ihm nachblicke, will mir das Herz fast aus der Brust springen, und ich spüre meinen heißen Atem. Mir fällt auf, der Mann hatte kurze, krumme Beine. Mir geht ein Stich durchs Herz, und Erinnerungen schießen mir durch den Kopf. Ich bin kaum vierzehn. In einem überfüllten Autobus packt mich eine große, grobe Hand an der Hüfte. Ein kleiner, dicker Mann, der nach Staub und Tabak riecht. Für einen Moment bilde ich mir ein, ich sei schon immer auf der Flucht vor dieser Hand. Meine erste Empörung ist wie ein Vulkanausbruch, sie richtet sich gegen den einsamen Fremden, der auf seinen krummen Beinen mit eingezogenen Schultern oben auf dem Hügel angekommen ist und sich noch einmal nach mir umdreht, bevor er auf der anderen Seite hinuntergeht. Plötzlich steht mir die steile Straße mit den Bordellen in Karaköy vor Augen, in die ich verstohlen hineinblickte, wenn ich im Sammeltaxi vorbeifuhr. Krummbeinige junge Männer mit schmalen Schultern und Pomade im Haar, Lehrlinge, Kellnergehilfen, Bauarbeiter. Oder auch ältere, dickliche Männer mit Schirmmützen.
Die Fotos vom Karneval in Europa in der Istanbuler Regenbogenpresse: halbnackte, ausgelassene Schönheiten, die den Männern auf dem Schoß sitzen und Bier trinken. Europaphantasien, die den mittellosen Männern vorgegaukelt werden.

Am Strand von Den Haag entdeckte ich unter den überwiegend nackten, bleichen Körpern einen jungen Mann aus Anatolien. Mit seinen schwarzen Stoppelhaaren und dem kurzärmeligen, weißen Hemd sah er aus, als habe er gerade seinen Wehrdienst hinter sich gebracht. Während die mollige Frau, die mit ihm gekommen war, sich den Schlüpfer auszog, blickte er mal hier und mal dort hin. Zwar waren seine Augen hinter einer dunklen Sonnenbrille verborgen, doch konnte ich erkennen, daß er aufs äußerste angespannt war. Die blonde Holländerin, sie erinnerte an Frauen mit gefärbten Haaren in billigen Istanbuler Bars, hielt ihm eine Tube mit Sonnencreme hin. Als der Mann die Tube für einen Moment erstaunt anstarrte, drückte sie ihm etwas von der Creme in die geöffnete Hand und machte ihm ein Zeichen, daß er ihr den Rücken einreiben sollte. Während er der Frau mit seinen kurzen, dicklichen Fingern zunächst vorsichtig und nervös den Rücken eincremte, wandte sie den Kopf zu ihm um und erteilte ihm einen weiteren Befehl. Sie streckte den Arm nach hinten und wies mit dem Zeigefinger auf ihr Gesäß. Wieder war er zunächst unschlüssig, aber dann machte er sich mit dem Ernst eines Arbeiters, der seinem Unternehmer zeigen will, wie gut er auch schwierige Aufgaben zu meistern versteht, daran, der Frau mit der braunen Creme den Hintern einzureiben. Ohne einen weiteren Befehl abzuwarten, wanderten seine Hände zu den Beinen hinab. Die Frau verlangte von ihm, daß er das Handtuch auf dem Sand ausbreitete, und streckte sich rücklings darauf aus. Der junge Mann zog das weiße Hemd und die gebügelte, blaue Hose aus. Ein tiefschwarzer Flaum warf einen dunklen Schatten auf seinen Körper. Die blaue Badehose schien noch nie getragen zu sein. Die Frau bedeutete ihm, sich neben sie zu legen. Plötzlich zeigte der Mann lächelnd seine weißen Zähne und holte, als habe er einen neckischen Einfall, aus ihrer gemeinsamen Tasche ein in Plastikfolie eingewickeltes Stück Honigmelone hervor. Er setzte sich neben die Frau, biß ein Stück nach dem anderen von der Melone ab und konnte offenbar erst jetzt entspannt aufs Meer schauen. Ich lag abseits da, beobachtete ihn aus den Augenwinkeln und stellte ihn mir als Schafhirten in einem Gebirge in Mittelanatolien vor, der einem Dorfmädchen mit weißem Kopftuch und Pluderhosen versprochen ist. Als die massiv gebaute Frau, gelangweilt vom Daliegen, ihn mit zwei Fingern am Bauch kitzelte, kicherte er verschämt-genüßlich, und dabei

trafen sich unsere Blicke. Für einen Moment bildete ich mir ein, er würde zu mir rüberkommen und mich zur Rede stellen wie ein älterer Bruder seine Schwester, die er auf frischer Tat ertappt hat.
»Hier bin ich.«
Ganz aus der Nähe Emils fröhliche, gelassene Stimme. Mein vor Empörung glühendes Gesicht kühlt sich ab.
»Ich dachte schon, du bist wieder verschwunden«, sage ich.
»Nein, ich bin drinnen geblieben und hab' auf dich gewartet.«
Eine Zeitlang gehen wir nebeneinanderher, ohne zu wissen, wohin.
»Hast du wirklich geglaubt, daß ich weglaufe?«
»Ja, das hab' ich, ehrlich gesagt. In der Roten Fabrik am See unten, damals gegen Abend. Du hast mich doch durchs Fenster gesehen, oder?«
»Wo? In der Roten Fabrik? Wann denn?«
»An dem Abend, als das Konzert war. Es war sehr voll. Ich hab' dich durchs Fenster gesehen. Als ich rausging, warst du nicht mehr da. Erinnerst du dich nicht?«
»Nein«, sagt Emil. »Ich hab' dich nicht gesehen. An das Konzert kann ich mich erinnern, ich bin auch kurz dagewesen, aber ich hab' dich wirklich nicht gesehen.«
Mein Blick fällt auf seine Füße. Schnürstiefel, zum Wandern. Er scheint seine Schritte den meinen anzupassen.
»Wenn du die Wahrheit wissen willst, ich bin nicht wegen des Konzerts in der Fabrik gewesen. Ich hab' ein Mädchen gesucht. Mir gefällt seit einiger Zeit ein bestimmtes Mädchen. Sie studiert Philosophie, ist noch sehr jung. Ich gefalle ihr nicht, sagt sie. Du gefällst mir nicht! Ich hab' ihr geschrieben, hab' ein paarmal versucht, mit ihr zu reden. Jedesmal ist sie schneller und geradezu angeekelt vor mir davongelaufen. Gut, hab' ich ihr gesagt, wenn du nicht willst, gehen wir nicht ins

Bett, aber wenigstens könnten wir ab und zu zusammen ins Kino oder spazierengehen. Nein, sagt sie, du bist nicht mein Typ.«

»Fühlst du dich deswegen einsam?« frage ich.

»Ja, das hat mich ziemlich mitgenommen. Sie ist so hartherzig.«

Er sagt das mit gesenktem Blick. Anstatt von Dina zu sprechen, redet er über ein junges Mädchen, in das er sich verliebt hat.

»Hast du mich deshalb nicht gesehen?« frage ich.

»Kann sein. Mir geht in der letzten Zeit so viel im Kopf herum. Ich fühle mich nicht gut.«

Wir sind wieder am Hirschenplatz angekommen. Ich hocke mich auf den Rand einer Bank, und er setzt sich neben mich. Eine Gruppe von Musikanten marschiert mit Instrumenten an uns vorbei und spielt die mir inzwischen vertraute Karnevalsmelodie. Als es wieder etwas stiller ist, höre ich direkt an meinem Ohr ein klingelndes Geräusch. Ich drehe mich um und sehe eine kleine Tänzerin auf seiner ausgestreckten Hand. Ich muß laut lachen, er aber starrt nur mit eingefrorenem Lächeln auf die Tänzerin.

»Wo hast du die denn her?«

Als sie aufgehört hat, sich zu drehen, hält er sie mir hin, sieht mich aber nicht an. »Sie hat Dina gehört.«

Ich spüre, wie mich ein Stromstoß durchschießt. Ein Stück weiter entfernt hat eine Gruppe schwarzmaskierter junger Frauen in hautengen, schwarzen Overalls mit einer pantomimischen Darbietung begonnen. Während ich ihnen zusehe, mustert Emil mich. Dann fängt er ganz langsam zu sprechen an: »Dina wollte kurz vor ihrem Tod, daß alle Freunde ihr etwas schenken. Sie rief sie an und bat sie um ein Geschenk für ihren Tod. Etwas Kleines, am besten ein Spielzeug, sagte sie. Und dann kamen Päckchen mit Windrosen, Trillerpfeifen und

allerlei Nippes. Manche kamen auch selbst mit ihren Geschenken vorbei. Am meisten freute sie sich über diese Tänzerin und sie hat sie bis zum letzten Moment nicht aus der Hand gelegt.«
Er steckt die kleine Tänzerin wieder in die Jackentasche.
»Ja, genauso ist es gewesen«, sagt er.
»Sie ist immer Kind geblieben«, sage ich und sehe wieder zu den Pantomimen hinüber. »Vielleicht eines, das sich nie geliebt fühlte.«
»Das Wetter war sehr schön an ihren letzten Tagen. Sie wollte nicht nach Hause gehen, sie trieb sich von morgens bis abends am See und in den Grünanlagen herum oder saß im Café. Sie ging auf jeden zu, der sie interessierte, und sprach ihn an. Sie gewann plötzlich eine Menge Freunde.«
Wir schweigen eine Weile.
»Für mich war es sehr schwer«, sagt er. »Eine Zeitlang fühlte ich mich wie in einem luftleeren Raum.«
Seine Stimme klingt nicht gefühlsbeladen, er scheint seine Trauer beherrschen, in Grenzen halten zu wollen.
»Aber du hast dich anscheinend schnell wieder gefangen«, sage ich, und versuche mir das junge Mädchen vorzustellen, in das er sich verliebt hat. Sie ist wahrscheinlich noch nicht verbraucht, wie Dina es war.
»Von nun an möchte ich leben, ohne mich zu irgend etwas zu zwingen«, sagt Emil. »Einmal, auf einer Gebirgswanderung, da habe ich die Bauern beneidet. Die Welt ist ihnen gleichgültig, und sie haben ihre Familien.«
»Willst du auch eine Familie haben?«
»Ja. Nur die Familie bewahrt vor Einsamkeit. Das ist etwas, was ich mit Dina nicht leben konnte.«
»Sie war immer so«, sage ich. »Auch bei ihren beiden früheren Männern. Die Ehe bedeutete für sie vielleicht nur ein Zuhause, das bereitstehen sollte, wenn sie von der Straße kam.«
»Angst«, sagt er.

»Vielleicht. Sie hatte stets Angst vor der Gesellschaft, in der sie gerade lebte.«

»Aber sie freute sich sehr, als sie eingebürgert wurde. Dieser Schweizer Paß ist meine Lebensversicherung, sagte sie, ich lege ihn mir unters Kopfkissen und kann endlich ruhig schlafen.«

»Hatte sie Heimweh nach Istanbul?«

»Ja, nach dem Bosporus und nach ihren Freunden. Ein Freund hatte ihr aus Istanbul eine Möwe mitgebracht. Sie hat sie lange Zeit im Haus gehalten, aber schließlich ist das Tier gestorben.«

Ich erschaudere. Der Wunsch, nach Istanbul zurückzugehen, durchströmt meine Adern.

»Wollte sie dorthin zurück?«

»Nein, sie sagte, sie hätte mittlerweile Angst vor der Türkei. Vor den Soldaten.«

»Merkwürdig.« Ich muß an das Treffen in dem französischen Restaurant in Berlin denken.

Bei der Zusammenkunft, ich erläuterte einem deutschen Journalisten meine Ansichten zum Militärregime, war auch Dina dabeigewesen, und sie hatte meine Ernsthaftigkeit ungeschickt gefunden. Mit ihren schulterlangen Haaren, mit den glitzernden Strähnen, ihrem roten Angorapullover und dem Parfüm von Chanel, beobachtete sie mich ungeduldig, während ich über Folter sprach. Als wir das Lokal verlassen und uns voneinander verabschiedet hatten, sah ich, wie sie im Arm des Journalisten lachend davonzog.

»Trotzdem ist sie immer nach Istanbul gefahren«, sage ich, »sie hatte anscheinend keine Probleme mit der Militärjunta.«

»Nein, hatte sie nicht. Aber dennoch erklärte sie, die Türkei mache ihr angst.«

Dabei muß ich daran denken, daß unverheiratete Paare inzwischen nicht mehr im gleichen Hotelzimmer übernachten dürfen. Ich habe sogar gehört, daß eine Deutsche, die mit einem

Türken in einem Hotelzimmer übernachtet hatte, auf die Polizeiwache und von dort zu einem Arzt gebracht worden war, der feststellen sollte, ob Geschlechtsverkehr stattgefunden hatte. Daß eine Tänzerin, die früher in Sexfilmen mitgespielt hat, sich plötzlich dem Islam verschrieben habe und jetzt im Tscharschaf herumliefe, oder auch, daß es Studentinnen gibt, die darauf bestehen, nur mit verhülltem Kopf in den Hörsaal zu gehen. So was hat es zu meiner Zeit auf der Universität nicht gegeben, ja, es ist sogar verboten gewesen. Sind es solche Dinge gewesen, die Dina angst gemacht hatten?

Emil erzählt weiter von Dina. »Irgendwann erklärte sie dann, daß auch die Schweiz ihr angst mache. Das ist hier nichts weiter als ein großes, steriles Krankenhaus, sagte sie. Und eine Zeitlang sprach sie sogar dauernd davon, sie wolle in die DDR gehen.«

»Warum in die DDR?«

»Sie behauptete, im Westen sei sogar die Literatur rassistisch. Niemand würde sie ernst nehmen, weil sie nicht über das Leiden der Arbeitsmigranten oder die bedauernswerte Lage der türkischen Frau schriebe.«

Als ich Dina zehn Jahre nach unserer ersten Begegnung wiedertraf, das war nach der Vorstellung eines Fellinifilms in der Cinemathek, erkundigte sie sich, wo ich wohnte und in welcher Schule ich unterrichtete. »Du hast einen schönen Roman geschrieben, sehr lebensnah. Wir sehen uns jetzt bestimmt häufiger«, hatte sie gesagt und war so schnell davongegangen, daß ich nicht dazu kam, meine Freude zu zeigen oder mich zu bedanken. Das ist das einzige gewesen, was ich zu dem, was ich schreibe, von Dina je gehört habe. »Lebensnah.« Sie hat es in fast herrischem Ton und frei von jeglicher Gefühlsduselei gesagt. Später ist mir aufgefallen, daß Dina sich mir gegenüber benommen hat, als sei ich nicht die Verfasserin eines Romans,

sondern eine Figur, um die es darin ging: ein sentimentales Mädchen aus den Slums. In ihren Erzählungen ging es hauptsächlich um Istanbul. Geschichten, die an Hotelbars, in Kneipen, Restaurants, in griechischen Kirchen spielten oder von ihren Reisen nach Europa handelten, und die Ähnlichkeit mit ihrem eigenen Leben hatten. Verzweifelte oder ironische Dialoge, Begeisterung, Freundschaft und dahinter Melancholie und Einsamkeit. Bevor wir uns das erste Mal getroffen hatten, und auch später noch, als ich in der Provinz lebte, hatte ich diese Geschichten mit Bewunderung gelesen, ihre Atmosphäre hatte fremd und anziehend auf mich gewirkt, wie ich es sonst nur von übersetzten Büchern kannte. Sollte ich es überhaupt eines Tages schaffen, so wollte ich genau wie sie schreiben. Aber es kam anders. Ich schrieb über das ärmliche Viertel am Rande der Stadt, in dem ich Kindheit und Jugend verbracht hatte, und dabei entstand plötzlich eine völlig andere, einfachere Erzählweise. Die Bohème-Atmosphäre ihrer Geschichten fehlte bei mir. Ich kann nicht sagen, ob ich neidisch gewesen wäre, wenn sie mit ihren Geschichten berühmt geworden wäre. Aber mir ist nicht entgangen, daß sie eifersüchtig auf mich war. Vielleicht trug dieses einzige Wort, das sie bei unserer zweiten Begegnung gesagt hatte, den Grund ihrer Eifersucht schon in sich: »Lebensnah.« Sie machte mich mit ihrem freien, modernen und an Abenteuern reichen Leben verlegen, ich dagegen erweckte in ihr durch größere Lebensnähe Zweifel an sich selbst. Während mich die Bindung an einen Ort zu einer realistischen Erzählweise führte, wurde sie in eine lyrische Melancholie getrieben. Als wir uns später in Berlin in der Buchhandlung in der Carmerstraße trafen, und sie ihre Wut offen zeigte, indem sie mich nicht einmal begrüßte, da hatte sie es vielleicht bereits bereut, daß sie sich das lokale Element hatte entgehen lassen.
»Ja« sage ich zu Emil, »was der europäische Markt von einem

Künstler aus der dritten Welt erwartet, ist entweder Folklore oder etwas sentimental Dokumentarisches.«
»Gut, aber du, wieso hast du dich durchsetzen können?«
»Ich habe mehr geschrieben als gelebt und die gesellschaftlichen Entwicklungen ernstgenommen. Vielleicht deshalb. Dina dagegen hat sich keiner Strömung angeschlossen.«
Als wir nach meiner Lesung während der Frauenwoche in einer Berliner Kneipe saßen und Bier tranken, war eine Frau um die Dreißig mit kurzen, blonden Haaren, einer Brille und einem indischen Schal dabei. Um mich zu loben, schimpfte sie auf Dina, die am Tag zuvor gelesen hatte: »Sie sprach von Kafka und solchen Leuten. Die Frauenfrage war ihr völlig gleichgültig. Sie hat uns alle enttäuscht.«
Ich erzähle Emil von dieser Begebenheit.
»Dina mochte die Männer« sagt er leicht gekränkt und in eher ironischem Ton.
»Sie identifizierte sich mit den Männern.«
»Ja«, sagt er, froh darüber, mit mir einer Meinung zu sein.
»Warst du eifersüchtig auf die anderen?«
»Eifersüchtig? Nein. Doch, eine Zeitlang, aber dann ...«
»Und dann wolltest du von ihr loskommen?«
»Sie gefiel mir«, sagt er, als wolle er sich verteidigen. »Sie kam den Menschen sehr schnell nah. Sie war aktiv.«
Er schweigt eine Weile. »Aber Frauen wie Dina wollen die Zügel in der Hand behalten. Das kann Männer bis in die Impotenz treiben.«
Aber ein Mann, will ich anfangen, verzichte dann aber darauf, mich mit ihm auf eine solche Diskussion einzulassen.
»Aber«, sage ich, »Dina nahm gleich beide Rollen auf sich, die der Frau und die des Mannes. Sie war eine sehr geschickte Hausfrau. Sie konnte wunderbar kochen und hatte einen Sinn für Feinheit und Eleganz.«

»Ja, das stimmt. In der letzten Zeit machte sie sich manchmal schick wie ein Mannequin zu einer Ausstellungseröffnung oder für einen Galaabend. Aber am nächsten Tag zu Hause zog sie sich eine Pluderhose an, band sich die Haare zusammen und lief mit Kopftuch herum wie eine anatolische Bäuerin. Sogar Gäste empfing sie so.«
Es fällt mir sehr schwer, mir Dina als anatolische Bäuerin vorzustellen. Ich habe sie nie so gesehen. Der Folklore und dem Leben der Bauern stand Dina genauso fremd gegenüber wie ein Europäer. Die türkische Kultur in Berlin nannte sie verächtlich die »Fladenbrotkultur«: die Zeitschriften, die Erzählungen, die über das Leben der Arbeitsmigranten geschrieben wurden, die auf Arabeskenschnulzen und Volkslieder reduzierte Musik, alles. Ich muß daran denken, wie ich ins Konzert der »Karawane der Sehnsucht« gegangen bin, dessen Plakate an allen türkischen Läden und Kebabstuben in Kreuzberg hingen. Tausende von Türken im Saal und auf den Rängen des Sportpalasts. Lange Schlangen im Schnee schon eine Stunde vor Einlaß. An den Eingängen uniformierte deutsche Polizisten, die bereitstanden, um Zwischenfälle zu verhindern. Die Türen wurden um Punkt acht Uhr geöffnet, nicht eine einzige Minute früher oder später. Mädchen mit Wasserwellen und schicken, glänzenden Seidenkleidern. Junge Männer mit Krawatten oder Fliegen, in schwarzen oder weißen Anzügen, die Kinder von Arbeitsmigranten, die sogenannte zweite Generation. Neben ihnen Mütter mit Kopftüchern, Väter, stolz herausgeputzt und vielleicht beschwipst, wie auf dem Weg zu einer Dorfhochzeit, Krämer, Gemüsehändler, Schneider, Arbeiter bei Siemens oder Kehrer bei der U-Bahn. Die Menge lechzte nach den Sängern und Sängerinnen. Enttäuschung, Sehnsucht, Leidenschaft und Zorn schwellten im Nu an und führten zu einer Art von Ekstase.

Dazu hob eine Sängerin im Abendkleid an: »Auf deinen Wangen blühen Rosen!«

Ein junger Mann in schwarzem Anzug und Fliege verneigte sich immer wieder, lief von einem Ende der Bühne zum anderen, winkte ins Publikum. »Ich bin die Nachtigall, getrennt bin ich von meiner Rose. Mein Garten, mein Frühling, mein Schnee!« sang er laut, warf ab und zu den Kopf in den Nacken und zog die letzten Silben in die Länge. Man klatschte und sprang auf, Bravorufe ertönten, die Menge erhob sich von ihren Plätzen und wogte auf die Bühne zu. Der Sänger grüßte das Publikum, warf ihm Handküsse zu, und junge Männer streckten ihm die Hände entgegen mit Zetteln, auf denen die Lieder standen, die man hören wollte. Der Sänger berührte die Hände, die ihm entgegengestreckt wurden, als wollte er sie segnen, und brüllte ins Mikrofon: »Möge Gott euch alle eure Ziele erreichen lassen, meine geliebten Zuhörer!« Ein junges Mädchen sprang auf die Bühne und flehte den Sänger um einen Kuß auf die Wange an. Tausende im Saal und auf den Rängen des Sportpalasts erhoben sich, klatschten, trampelten, schrien: »Ibo, Ibo! Hoch soll er leben!« Dann noch ein Volkslied: »Mein Schatz, du bist eine Woge im Meer, deine Pluderhose schlingert im Wind hin und her!«

Vollkommen still blieben Tausende, als der Volkssänger in genießerisch süßlicher Melancholie sein letztes Lied anstimmte: »Geh mir aus dem Sinn, trügerische Welt, ich hab' genug von dir!«

In weißem Tüll und in einem langen, geschlitzten Seidenrock, der über und über mit goldglitzernden Pailletten bedeckt war, kam eine Tänzerin auf die Bühne gesprungen, die sich selbst für eine Märchenfee zu halten schien. Sie machte ein Zeichen, damit der Rhythmus beschleunigt werde, und Funken des Ergötzens sprangen durch den Saal. Man brüllte und stöhnte

vor schmachtendem Vergnügen. Alle Augen waren auf den wackelnden Bauch der Tänzerin gerichtet. Zwei der deutschen Polizisten, die neben der Bühne Wache standen, flüsterten sich etwas ins Ohr und lachten, dann richteten sie den Blick mit spöttischer Aufmerksamkeit wieder auf die Tänzerin. Anschließend eine Gruppe von Sazspielern. Fünf Männern mit Lauten nahmen ihre Plätze auf der Bühne ein.
Während einer Improvisation auf der Zither schloß ich die Augen, und plötzlich liefen mir die Tränen herunter. Die Improvisation hüllte mich ein wie ein warmer Mantel. Ich merkte, daß ich nicht nur vor Heimweh weinte, sondern auch, weil ich mich hier fremd fühlte. Von den Melodien und der Menschenmenge, die meine Erinnerung und meine Sinne wachriefen, war ich durch eine Zeitmauer getrennt. Ich hatte sie in meiner Kindheit zurückgelassen. Der junge Mann, der neben mir saß, bat mich auf deutsch um Entschuldigung, als er an mir vorbei wollte; da ich es fertiggebracht hatte, allein in dieses Konzert zu gehen, und auch noch eine Bierflasche in der Hand hielt, mußte ich für ihn eine Deutsche sein.
»Hatte sie hier türkische Freunde?«
»Nein. Außer einem Paar, das sie aus Istanbul kannte. Sie suchte Arbeit als Beraterin in der Sozialarbeit für Türken, hat aber irgendwie nichts gefunden.«
»Wirklich? Merkwürdig, daß sie sich zu so etwas entschlossen hat.«
»Wir hatten Geldschwierigkeiten und ihr fiel es sehr schwer, zu Hause herumzusitzen. Das Bedürfnis zu schreiben, hatte sie auch verloren. Schließlich ging es ihr so schlecht, daß sie im Restaurant mit allen am Tisch Streit anfing und sie der Heuchelei bezichtigte. Ihr tragt doch alle eine Maske, schrie sie. Und plötzlich senkte sie dann den Kopf und fing an zu weinen wie ein kleines Mädchen.«

»Damals, als es ihr so schlecht ging, wußte sie da bereits, daß sie Krebs hatte?«
»Vielleicht.«
»Wieso vielleicht. Warst du nicht bei ihr?«
»Sie hat es mir erst viel später gesagt.«
»Und warum?«
»Ich weiß nicht.«
»Warum hat sie eine Operation abgelehnt?«
»Sie will schön sein, wenn sie stirbt, hat sie gesagt.«
Dinas lachendes Gesicht tritt mir vor Augen: »Lebe intensiv und stirb jung, damit deine Leiche schön ist.«
»Aber sie hat den Tod bewußt empfangen, während der letzten fünf Tage.«
»Warst du bei ihr, als sie starb?«
»Ja.«
»Wie war es?«
»Alles ist zu Ende, sagte sie, lächelte und starb. Ich hatte sie noch nie so ruhig gesehen.«
»Alles«, wiederhole ich.
Ich muß an die Sehnsucht denken, die Dina schon mit vierzehn nach dem Tod empfunden hat.
Als man sie gefragt hatte, warum sie die Tabletten geschluckt habe und sich umbringen wollte, antwortete sie nur: Ich hatte Lust dazu. Sie wußte nur eins: daß sie sich langweilte. Der neue Teppich, die Resopalstühle, die Atatürkbüste auf dem Flur, die neuen Betonblocks, die man an die Stelle der abgerissenen Moschee gesetzt hatte, der Vater, der den Sonntag über im Pyjama herumlief, das Haus, die Straße, die Schule, alles langweilte sie. Der Tod aber begrüßte sie mit endlos weiten Feldern und einem kühlen Wind.
Als sie nach drei Tagen aus der Klinik wieder nach Hause gebracht wurde, reichte ihr der Vater ein Ohrgehänge aus

Kirschen und alberte mit ihr herum, als sei Disziplin nun erst mal nicht so wichtig, als wollte er sie wieder an Kinderspiele heranführen.
Dinas Vater war Lehrer, einer, der sich stets bemüht hatte, die Ideale der modernen Republik an die junge Generation weiterzugeben, und der ein Auge zudrückte, als seine Töchter sich den immer freier lebenden Künstlern, Journalisten in Istanbul anschlossen. Anders als die fanatischen Muslime war er ein Vater mit fortschrittlicher Gesinnung.
Bei einer Einladung, Gastgeber war ein Germanistikprofessor, hatte ich Dinas Vater gesehen. Er musterte uns Jüngere, die wir alle seine Kinder hätten sein können, schweigend und trank Rakı. Schwarzer Anzug, gestärktes weißes Hemd, Krawatte, zurückgekämmtes, pomadisiertes Haar, schwergewichtig. Seine Frau war nicht dabei. Wir saßen an einem großen Nußbaumtisch, der das halbe Speisezimmer ausfüllte, darauf eine gestärkte, weiße Tischdecke, zwei Kerzenständer, Blumen, Kristallgläser. Eines der Themen, über die gesprochen wurde: der Krieg, der draußen geführt wurde, der Bürgerkrieg.
»Die türkische Linke ist eine altmodische Linke.«
»Die türkische Gesellschaft ist nicht gefestigt, sie hat noch nicht zu sich selbst gefunden, sie hat es noch nicht geschafft, eine zivile Gesellschaft zu werden.«
»Die Republik brachte einen kulturellen Bruch. Die Gebildeten orientieren sich am Westen, das Volk kehrt zur islamischen Welt zurück.«
»Die islamische Bewegung wird gleichzeitig von den Kapitalisten und von Khomeini unterstützt.«
»Das Volk hat kein Vertrauen zu den Gebildeten, die ihm Ratschläge erteilen. Es tut sich mit denen zusammen, von denen es ausgebeutet wird.«
»Die türkischen Intellektuellen stehen alleine da. Sie können

sich weder mit dem Orient noch mit dem Okzidenz identifizieren.«
»Wir haben keine Alternative zur Verwestlichung.«
»Der Westen verachtet uns, weil wir ihn imitieren.«
»Gut, aber woran sollen wir uns dann halten?«
Dinas Vater schien davon auszugehen, daß seine Vorstellungen keinen der Anwesenden interessierten, und er begnügte sich damit, beim Zuhören zu nicken und ab und zu höflich zu lächeln. Als ich mich entschlossen hatte, Tekin, mit dem ich hingegangen war, dort zurückzulassen und allein in meine Wohnung zurückzukehren, kam der stille alte Mann mir auf den Flur nach und flüsterte mir ins Ohr, er würde mich nach Hause bringen.

»Dina hatte alle Hoffnung aufgegeben«, sagt Emil. »An den letzten fünf Tagen wollte sie gar nicht mehr nach Hause, wollte die ganze Nacht über auf der Straße bleiben. Auch mich wollte sie nicht mehr um sich haben.«
Vielleicht, so ging es mir durch den Kopf, hing Dinas Entschluß, die letzten Tage allein sein zu wollen, damit zusammen, daß sie keine Angst mehr vor der Einsamkeit hatte. Und auch keine vor der Psychiatrie.
»Am Tag nach ihrem Tod klingelte es plötzlich an der Tür«, sagt Emil mit gesenktem Blick, als spräche er zu sich selbst. »Ich war allein in der Wohnung und erwartete niemanden. Als ich die Tür aufmachte, stand da ein junger Punker. Mit Flicken auf den Hosen und gelb und grün gefärbten Haaren. Ich war völlig verwirrt. Er sagte hallo und kam einfach rein, bevor ich etwas sagen konnte. Er ging ins Wohnzimmer und setzte sich hin, als wäre er dort zu Hause, zog ein Buch aus der Tasche und fing an zu lesen. Ich setzte mich ihm gegenüber hin. Ich warte auf Dina, sagte er. Dina ist tot, sagte ich. Er blickte mich mit

leeren Augen an. Dann zeigte ich ihm die Todesanzeige in der Zeitung. Er sah mich eine Zeitlang an, ohne einen Ton zu sagen, dann stand er auf und ging. Ich nehme an, daß es der junge Literaturbesessene war, den sie kurz vor ihrem Tod in einem Café kennengelernt und von dem sie mir erzählt hatte. Ihr letzter Geliebter.«

Zum ersten Mal muß ich über Dinas Tod weinen. Emil sieht mich verlegen an, er scheint nicht zu wissen, was er sagen soll. Dann blickt er wieder zum Platz hinüber.

»Warum hast du sie in die Psychiatrie einliefern lassen? Einen Menschen, der unheilbar an Krebs erkrankt ist?«

Emil tritt erschrocken näher an mich heran, als wolle er mit seinem Körper verhindern, daß die Frage jemand hört. »Ich konnte ihr nicht helfen, verstehst du? Sie hatte angefangen, mich zu verabscheuen. Du blöder Schweizer, sagte sie und sogar noch unsinnigere Dinge, zum Beispiel, ich sei CIA-Agent.«

»Aber warum das? Warum hat sie dich verabscheut?«

»Diese Frage kann ich dir nicht beantworten.«

Damals, als Dina und ich an einem heißen Nachmittag auf einem Hügel am Bosporus auf einem Brombeerpfad nebeneinander hergingen, hatte sie mir eröffnet, daß sie sich von ihrem Mann trennen wollte. Er langweilt mich, hatte sie gesagt.

»Vielleicht langweilte Dina das Eintönige«, sage ich, »alles, was das Leben weniger intensiv macht.«

»Ich wußte damals nicht, daß sie auch früher, als sie noch in der Türkei lebte, schon einmal krank geworden und in die Klinik eingeliefert worden war. Das hat sie mir nicht erzählt.«

»Aber Dina hatte sich selbst das Ehrenwort gegeben, nicht wieder in eine Klinik zu müssen«, sage ich. »Und sie hat es fast zwanzig Jahre gehalten. Keine Medikamente, kein Psychiater. Im Büro war sie aktiver als alle anderen Angestellten, den

Haushalt versorgte sie geschickter als viele, im Gespräch unter Freunden war sie die lebhafteste.«

Wir schweigen eine Weile, in Gedanken vertieft, dann nehme ich das Gespräch wieder auf:

»Hast du sie denn nicht besucht? Hast du sie in der Klinik nicht besucht?«

»Doch«, sagt Emil. »Es war sehr schlimm. Sie hatten sie gefesselt.«

»Wie kann man nur einen Menschen fesseln, der sich so gerne bewegt und so lebhaft ist! Der an Krebs sterben wird. Und das in einer zivilisierten Stadt wie Zürich!«

Emil nickt nur. In diesem Augenblick fasse ich den Entschluß, am nächsten Tag aus Zürich abzureisen. Sobald ich mich von Emil verabschiedet habe, werde ich zurück in mein Zimmer gehen und meine Sachen packen.

Emil zündet sich eine Zigarette an und hält mir die Schachtel hin. Als er mir Feuer geben will, bemerke ich, daß seine makellosen, schlanken Finger zittern.

Er nimmt einen tiefen Zug, pafft den Rauch in die Luft und sagt: »Ich möchte fort von hier.«

»Wohin?«

»In ein anderes Land, vielleicht in einen anderen Erdteil. Ich hab' eine Zeitlang in Simbabwe gelebt. Ich hatte auch daran gedacht, mit Dina nach Istanbul zu ziehen. Sie war es, die nach Zürich wollte.«

»Und warum willst du weg?«

»Langeweile. Alles geht mir auf die Nerven. Zum Beispiel, daß ich in drei Tagen wieder zu einer Übung muß, das geht mir fürchterlich auf die Nerven.«

»Was für eine Übung?« frage ich mit erstauntem Lächeln.

»Eine Wehrübung. Jedes Jahr müssen wir unsere Waffen vorzeigen, müssen zur Übung. Sehr vielen ergeht es wie mir, ihnen

fehlt auch die Lust. Manchmal kommt es zu Unfällen mit Toten und Verletzten. Ich habe jedesmal Angst. Morgen muß ich mir eine Schirmmütze kaufen. Meine alte hab' ich verloren. Es ärgert mich maßlos, deswegen in die Innenstadt zu müssen.«
Wir schweigen beide, vielleicht eine halbe Stunde lang. Wir haben einander nichts mehr zu fragen oder zu erzählen. Ich merke, daß ich zu diesem Mann, der wie ich auch nicht mehr weiß, wohin er gehen soll, Vertrauen gefaßt habe. Vielleicht werden wir uns nie wiedersehen. Heute nacht! Mit ihm. In der Wohnung, in der er früher mit Dina gewohnt hat.
Aus dem gegenüberliegenden Lokal tritt eine Gruppe närrischer Gestalten ins Freie und spielt auf Pauken, Schellen und Trompeten. Es geht auf den Morgen zu, und nur noch wenige sind auf dem Platz, junge Frauen und Männer, die alleine im Takt der Trommeln vor sich hin tanzen. Als mir klar wird, daß die Nacht und auch der Karneval zu Ende gehen, frage ich mich, was ich nun tun soll. Zurück nach Istanbul? Istanbul, die Farbe des Himmels, den ich morgens vom Bett aus betrachten konnte, die Stimme des Verkäufers von Sesamkringeln, der durch die Gasse zog. Am deutlichsten sind mir die Schreie der Möwen in Erinnerung geblieben. Mit diesem Schrei setzt in meinem Gedächtnis ein ganzes Konzert ein. Die Stimme des Gebetsrufers, die Stimme des Soldaten aus den Lautsprechern der Moschee.
»Achtung, Achtung! Seit heute morgen... die Macht übernommen...«
Meine Augen waren noch geschlossen, aber ich wußte, daß die Stimme aus dem Lautsprecher einem Soldaten gehörte. »Die Streitkräfte...« Die Stimme dröhnte vom Himmel wie zerspringendes Eisen: »Die Streitkräfte, um die Sicherheit im Lande zu gewährleisten, haben die Macht übernommen.«
Die Stimme wurde vom Schreien der Möwen eingekreist. In

kurzen Abständen wurden immer dieselben Sätze wiederholt. Ich schlug die Augen auf und betrachtete den Himmel. An seiner tiefblauen Farbe erkannte ich, daß es bald Morgen sein würde.

Aufstehen? Aufstehen und sich hinsetzen? Sich hinstellen? Sich im Zimmer hinstellen, ohne das Licht einzuschalten? Ans Fenster treten? Zum Meer hinübersehen? Nirgendwo hingehen können! Die Kacheln am Ofen in der Ecke waren längst erkaltet. Auf meinem Tisch lag ein Text, der auf sein Ende wartete. Hinter dem Haus der Pinienwald, das Meer, darüber die bleichen Sterne. Meistens erwachte ich morgens zu dieser Stunde vom Geschrei der Möwen, schlüpfte in die Wollsocken, streifte mir den Pullover über, setzte in der Küche zwischen den beiden kleinen Zimmern Teewasser auf und entfernte die kalte Asche aus dem Kachelofen. In solchen Momenten fühlte ich mich wie ein Schatzsucher, der seinen Fund vor aller Welt geheimhalten wollte. Ich hörte die Tannenzapfen im Ofen knistern, setzte mich an den Tisch und nahm das Teeglas in die kalten Hände. Als die Stimme des Soldaten aus den Lautsprechern die Morgendämmerung durchschnitt, war mir, als hätte ich meinen Schatz, den ich in aller Stille gefunden hatte, für immer verloren. An diesem Tag wollte ich weder aufstehen noch Tee kochen, wollte keine trockenen Tannenzapfen in den Ofen schütten, ich wollte auch die Balkontür nicht öffnen, um für einen Moment die Gerüche von Orangenblüten, Jasmin, Rosen und Jod in mich hineinzuziehen, ich wollte mich nicht an den Tisch setzen und über das Geschriebene beugen und wollte auch nicht mehr aus dem Haus gehen. Niemals zuvor war mir meine Einsamkeit so sichtbar und zum Greifen nah vorgekommen.

Ausgangssperre. Ich saß im Bett, mit dem Rücken an die Wand gelehnt, und hörte die Stimme des Soldaten, der in kurzen

Abständen immer dieselben Sätze sprach. Ich mußte an Tekin denken, an seine Verzweiflung. Er hörte in diesem Augenblick in seiner Wohnung, in der er mit seinem gelähmten Vater wohnte, auch eine Stimme, die denselben Satz sprach und fühlte sich in seiner Hoffnungslosigkeit bestätigt. Tekin hatte immer wieder gesagt, daß nach den beiden Putschen im Abstand von zehn Jahren bald ein weiterer, sehr viel härterer kommen würde:
»Da kann in diesem Land natürlich nichts Wurzeln schlagen, wenn alle zehn Jahre geputscht wird.« Während man sich im Lokal Witze erzählte, fiel manchmal plötzlich ein Schatten auf sein Gesicht.
Auf einmal tritt an die Stelle der Soldatenstimme eine andere. Wie jeden Morgen beim Hellwerden war es die langgezogene, ergreifende Stimme des Muezzins, der zum Frühgebet rief. In mir war plötzlich ein Pessimismus, wie ich ihn von Tekin kannte. Ein Gefühl des Fremdseins.
In diesem Augenblick drangen überall in Istanbul junge Soldaten unter dem Kommando von Offizieren mit Gewehren in Wohnungen ein. Bücher wurden aus den Regalen gerissen, getippte, gedruckte, mit Tinte oder Bleistift beschriebene Seiten zusammengesammelt und zerrissen. Viele Frauen und Männer sprangen aus den Betten und wurden, noch im Schlafanzug, von den Soldaten mit den Gewehren nach draußen gezerrt und auf Mannschaftswagen geschoben. Zu dieser Zeit hatten die Verhöre lange begonnen. Elektrische Drähte...
Mannschaftswagen fuhren durch die Gasse, auf einer Insel, die für Autos gesperrt war, und über Straßen, die in diesem Augenblick auch die Fußgänger nicht benutzen durften. Einer fuhr vor dem Haus auf und ab, und gegen Mittag wurde der Motor langsamer und begann zu tuckern. Ohne auf die Reihenfolge der Seiten zu achten, stopfte ich plötzlich das Geschriebene in

eine Mappe. Wohin damit, unter den Teppich? In den Rauchfang? Ins Kissen? Wie läßt sich ein noch ungedruckter Text vor Soldaten schützen? Wo? Wie kann man in der Stille geschriebene Sätze vor Gewehren in Sicherheit bringen?
Die Klingel. Bevor ich auf den Türöffner drückte, hielt ich einen Moment lang inne und sah mich um, wie um zu prüfen, ob ich die Wohnung auch aufgeräumt genug zurücklassen würde.

Als ich aus dem Flugzeug nach Berlin noch einmal einen Blick auf Istanbul warf, kam es mir vor, als verließe ich diese Stadt, ohne in ihr jemals wirklich angekommen zu sein. Ein Blick auf eine Stadt, die von oben an das Durcheinander in einem Antiquitätenladen erinnerte. Keine andere Stadt sollte mich auf meinen späteren Flugreisen so sehr berühren. Ich hatte einen Koffer gepackt und mich nach Europa aufgemacht, und meine Gefühle dabei in Istanbul gelassen.

Wohin zurück? Nach Istanbul oder nach Berlin? Das kann ich im Augenblick einfach nicht entscheiden. Auf dem Platz entdecke ich den schlanken, jungen Trompeter mit den zurückgekämmten, goldglitzernden Haaren wieder. Dina hätte bestimmt Gefallen an ihm gefunden. Er wirkt sanft und melancholisch.

Ich drehe mich um und lächle Emil zu. Sich zu ihm hinbeugen, sich seinem Gesicht nähern, ihn einfach berühren? Ja, sagt die Stimme in mir. Aber plötzlich bilde ich mir ein, meine Haut sei ungepflegt. Plötzlich springt mein Gedächtnis zu dem Haus am Bosporus, zu Dinas Haus. Ich war im Badezimmer, um eine Dusche zu nehmen, griff auf das Regal mit all den Cremes und Lotionen. Auf den Etiketten New York, Paris, Zürich … Ein

weißes Gläschen. Ich tauchte den Finger hinein, nahm ein wenig davon und empfand ein entspannendes Gefühl, als die kühle, zarte Creme mein Gesicht berührte.
Diese Erinnerung stimmt mich heiter, ich blicke lächelnd vor mich hin. Ein Schuldgefühl, vermischt mit Freude. Das Schuldgefühl stachelt mich zu einem größeren Vergehen an: mit Emil in die Wohnung zu gehen, in der er mit Dina gelebt hat.
Der Wunsch in mir wird immer stärker, und ich nehme die blaue Maske aus der Handtasche und setze sie auf. Es ist, als träumte ich. Nicht ich bin es, die die Entschlüsse faßt, sondern die Maske, losgelöst von mir begibt sie sich ins Abenteuer. Ich hebe die Hand und fange an, Emils Gesicht zu streicheln. Seine Backenknochen, seine Stirn, seine Schläfen.
Die Kühnheit der Maske, ihr Selbstvertrauen versetzen mich in Erstaunen. Ich bin unschuldig und gelassen. Ein Wesen ohne Erinnerung und ohne Furcht vor der Zukunft. Und dabei leicht wie in einem Traum. Ich betrachte Emil durch die Maske, während meine Fingerspitzen auf seiner Haut umherwandern. Er bleibt ganz ruhig. Weder Verwirrung, noch Befremden, noch Anteilnahme kann ich auf seinem Gesicht entdecken, nur leichte Verlegenheit, als sei er in eine ungewohnte Situation geraten. Ich muß daran denken, daß Dina ihn schon allein gelassen hatte, als sie noch zusammen waren. Ich kann mir nicht vorstellen, daß sie jemals einem Mann die Haare oder die Schläfen gelassen und zärtlich gestreichelt haben könnte. Ich stelle mir vor, daß sie es stets nur demonstrativ auf Befriedigung abgesehen hatte, wenn sie mit einem Mann zusammen war. Als sei ihr der Augenblick, die Situation, in der sie sich befand, allein nicht genug. Daseinshunger.
Ich nehme die Maske vom Gesicht und lege sie in meine Handtasche zurück. Ich bemerke, daß es schon hell wird. Der Traum ist aus, der Tag beginnt. Die kühle Luft weht die Spuren der

Maske von meinem Gesicht. Ich finde Gefallen an ihm mit all seinen Erinnerungen und Sehnsüchten, Dingen, die ein Gesicht von einer Maske unterscheiden. Ich lächle Emil zu. Ich erwarte, daß auch er mich ansieht und lächelt. Aber er ist noch immer regungslos und starrt aus leeren Augen wie ein Denkmal in die Ferne.

Als ich zu meinem Zimmer zurückgehe, um meine Sachen zu packen, sehe ich einen dunkelhäutigen, kleinen, dicken Mann im orangefarbenen Overall, einen Ausländer, der mit einer lärmenden Maschine den Abfall vom Karneval aufsammelt. »Guten Morgen«, rufe ich ihm zu. Er hört mich nicht.

Aysel Özakin 10. April 1988, Worpswede

Aysel Özakin

im Luchterhand Literaturverlag

Die blaue Maske
Roman
Aus dem Türkischen
von Carl Koß
200 Seiten. Gebunden
Die Suche nach der Freundin wird für eine türkische Autorin zu einer Reise zurück in ihr beengtes Leben in der türkischen Provinz und zu einer bitteren Bilanz des Unverständnisses, auf das sie hierzulande bei ihren Landsleuten und bei denen, die sich aufgeklärt geben, stößt.
»Aysel Özakins Romane überraschen immer wieder durch die dezente und poetische Verknüpfung des Privaten mit dem Politischen. Höchste Zeit, daß ihre Bücher endlich eine breitere Leserschaft finden.«
Bayerischer Rundfunk

Glaube, Liebe, Aircondition
Eine türkische Kindheit
Aus dem Englischen von
Cornelia Holfelder-von der Tann
176 Seiten. Gebunden

Die Preisvergabe
Ein Roman
Aus dem Türkischen
von Heike Offen
SL 840
Drei Generationen von Frauen in der Türkei, drei Versionen, Mißfallen auszudrücken, sich zur Wehr zu setzen.
»Aysel Özakin schreibt mit den Augen, mit den Fingerspitzen. Sie ist eine Poetin der Prosa, eine Schwester von uns, die wir in Mitteleuropa schreiben.«
Ingeborg Drewitz

Die Vögel auf der Stirn
Roman
Aus dem Türkischen von Carl Koß
SL 978

Fatema Mernissi

im Luchterhand Literaturverlag

Die Sultanin
Die Macht der Frauen in der Welt des Islam
Aus dem Französischen von Edgar Peinelt
260 Seiten. Gebunden
Als 1988 in Pakistan eine Frau zur Premierministerin gewählt wurde, Benazir Bhutto, empfand man dies in der Welt des Islam als krassen Bruch mit der Überlieferung. Tatsächlich wurde Benazir Bhutto schon nach zwanzig Monaten ihres Amtes enthoben.
Die Marokkanerin Fatema Mernissi, die sich seit langem mit der Rolle der Frau in der Welt des Islam beschäftigt, machte bei ihren Studien über den Einfluß von Frauen in der Geschichte der muslimischen Länder die Entdeckung, daß oftmals über kurze und weite Spannen hin in den großen Zeiten und Räumen islamischer Herrschaft Frauen die weltliche Macht innegehabt haben. Sultaninnen herrschten einst über Delhi, Kairo, Sanaa, Granada. Andere übten als »Lieblingssklavinnen« eines Herrschers oder »graue Eminenzen« in der Welt des Harems, als Ehefrauen oder Mütter eines Sultans oder Kalifen Einfluß und Macht aus. An Beispielen fehlt es nicht – nur waren sie unbekannt, weil die Geschichtsschreiber sie verschwiegen, unterdrückten.
Fatema Mernissi, die »moderne Scheherezade«, erzählt die Lebensgeschichten dieser Frauen. Ein lehrreicher Spaziergang durch die Welt des Islam, ein Beitrag über die vergessene Macht der Frauen in den muslimischen Ländern und eine Fülle von Geschichten wie aus Tausendundeiner Nacht.

Der Harem ist nicht die Welt
Elf Berichte aus dem Leben marokkanischer Frauen
Aus dem Französischen von Edgar Peinelt
SL 789

Maxie Wander

in der Sammlung Luchterhand

Ein Leben ist nicht genug
Tagebuchaufzeichnungen und Briefe
Hg. Fred Wander
Mit Fotos
SL 933
Am Anfang dieser neuen Auswahl von Tagebuchaufzeichnungen und Briefen – sie umspannt die Jahre 1964 bis 1968 – steht ein längerer Aufenthalt in Paris, am Ende der tragische Tod der Tochter Kitty in Klein-Machnow im Schatten der Berliner Mauer.
»Ein Leben reicht nicht aus, alle guten Bücher zu lesen, alle Menschen kennenzulernen, alle Länder, die ich sehen möchte.«

Leben wär' eine prima Alternative
Tagebuchaufzeichnungen und Briefe
SL 298
Nicht allein die Lebensgeschichte Maxie Wanders, sondern auch und besonders die Geschichte einer Krebskranken. In der zu erwartenden Offenheit hat Maxie Wander in Briefen und persönlichen Aufzeichnungen über die einzelnen Stationen ihrer Krankheit berichtet, über ihr Erschrecken, ihre Hoffnungen, das Verschleiern und Verschleppen, über die ganze Ohnmacht und das Versagen der Medizin, aber auch ihrer Umgebung dieser Krankheit gegenüber. Zwischen Hoffnung und Verzweiflung schreibt sie: »Leben wär' eine prima Alternative.«

»Guten Morgen, du Schöne«
Frauen in der DDR
Protokolle
Vorwort von Christa Wolf
SL 289

»Maxie Wander hat uns mit ihrer Sammlung protokollarischer Lebensbeschreibungen von Frauen erstaunliche Nachrichten von der Menschwerdung geschenkt. In keinem Roman der letzten Zeit fand ich solche Reichtümer.«
Irmtraud Morgner

Frauendebatte

in der Sammlung Luchterhand

»Neue Perspektiven auf eine Landschaft, durch die wir bis jetzt mit festen Schuhen gegangen sind: Wir haben nicht die Wärme unter den Fußsohlen gespürt, merken erst jetzt, daß unter der Erde, über die wir mühsam aufrecht gehen, Vulkane brodeln, unerforschte, schwindelnde Tiefen.« *Ursula Krechel*

Ulrike Edschmid
Diesseits des Schreibtischs
Lebensgeschichten von Frauen schreibender Männer
Mit einem Vorwort von Barbara Hahn
SL 908
Hier kommen die zu Wort, die sonst ohne eigene Stimme neben einem schreibenden Mann leben. Ihr Ort war und ist in der Literatur ebenso wie in der Theorie über Literatur ein stummer Ort, ein Echo. Nach langen, behutsamen Gesprächen überliefert Ulrike Edschmid die Lebensgeschichten von: Hildegard Bronnen, Renate Bronnen, Anna Ditzen (-Fallada), Pia Kipphardt, Irene Kreuder, Katharina Leithäuser und Liselotte Zoff.

Renate Feyl
Der lautlose Aufbruch
Frauen in der Wissenschaft
SL 465

Esther Fischer-Homberger
Krankheit Frau
Zur Geschichte der Einbildungen
SL 498

Marie-Françoise Hans/
Gilles Lapouge
Die Frauen – Pornographie und Erotik
Interviews
SL 365

Irmgard Hülsemann
Berührungen
Sexualität und Lebensgeschichte im Patriarchat
Originalausgabe
SL 875

Das kann ich keinem erzählen
Gespräche mit Frauen über ihre sexuellen Phantasien
Hg. von Constanze Lawrenz und Patricia Orzegowski
Originalausgabe
SL 726

Regula Venske
Das Verschwinden des Mannes in der weiblichen Schreibmaschine
Männerbilder in der Literatur von Frauen
SL 993

Geschichten aus der Geschichte

in der Sammlung Luchterhand

Diese Anthologien unterscheiden sich von anderen Erzählsammlungen durch das Prinzip, Geschichte in Geschichten widerzuspiegeln. Nicht Schreibweisen sollen repräsentiert werden, sondern literarische Texte in ihren zeitlichen Bezügen zu einem historischen Prozeß.

Geschichten aus der Geschichte der Bundesrepublik Deutschland
Hg. von Klaus Roehler
SL 300. Originalausgabe

Geschichten aus der Geschichte der DDR
Hg. von Manfred Behn
SL 301. Originalausgabe

Geschichten aus der Geschichte Frankreichs seit 1945
Hg. und eingeleitet von Claude Prévost
SL 836. Originalausgabe

Geschichten aus der Geschichte Nordirlands
Hg. von Rosaleen O'Neill und Peter Nonnenmacher
SL 704. Originalausgabe

Geschichten aus der Geschichte der Türkei
Hg. Güney Dal und Yüksel Pazarkaya
SL 804. Originalausgabe

Geschichten aus der Geschichte Polens
Hg. von Per Ketman und Ewa Malicka
SL 856. Originalausgabe

Geschichten aus der Geschichte Kubas
Hg. José Antonio Friedl Zapata
SL 878. Originalausgabe

Geschichten aus der Geschichte der Sowjetunion
Hg. von Thomas Rothschild
SL 901. Originalausgabe

Schweiz
Geschichten aus der Geschichte nach 1945
Hg. von Rolf Niederhauser/Martin Zingg
SL 947. Originalausgabe

Tschechoslowakei
Geschichten aus der Geschichte
Hg. von Paul Kruntorad
SL 958. Originalausgabe